U0886344

新时代天山文丛 —第七辑—

一路向西

胡焱——著

新疆人民出版社
（新疆少数民族出版基地）

图书在版编目（CIP）数据

一路向西 / 胡焱著. —乌鲁木齐:新疆人民出版社(新疆少数民族出版基地)，2025. 5.—(新时代天山文丛). — ISBN 978-7-228-21637-6

Ⅰ.I247.5

中国国家版本馆CIP数据核字第20253GX842号

一路向西

YILUXIANGXI

出 版 人	李翠玲	策　　划	陈　漠
出版统筹	陈　漠　陶小红	责任编辑	陈　漠
封面设计	姚亚龙　杨世新	版式设计	刘堪海
责任校对	古丽热·穆合塔尔	责任技术编辑	马凌珊
封面题字	席时珞	封面绘画	张华君

出版发行　新 疆 人 民 出 版 社
（新疆少数民族出版基地）

地　　址　乌鲁木齐市解放南路348号

邮　　编　830001

电　　话　0991-2825887（总编室）　0991-2837939（营销发行部）

制　　作　新疆生产建设兵团印刷厂

印　　刷　新疆新华印务有限责任公司

开　　本　787mm×1092mm　1/16

印　　张　11

字　　数　200千字

版　　次　2025年5月第1版

印　　次　2025年5月第1次印刷

定　　价　56.00元

版权专有，侵权必究。如有质量问题，请与营销发行部联系调换。

主要人物

曹 珮 儿	德盛商行老板叶鹤亭的遗孀
叶 大 和	曹珮儿的长子
叶 大 顺	曹珮儿的次子
叶 大 平	曹珮儿之女
叶 大 安	曹珮儿的小儿子
尚 秀 帘	叶大和之妻
刘 子 珍	叶大顺之妻
康 克 南	叶大平恋人，后成亲
赵 光 祖	叶氏家族世交，商会会长，爱国人士
阿 尔 曼	维吾尔族，柳树庄村村长，德高望重的长者
赛吾列提	阿尔曼之子，因救人而牺牲
努 尔 兰	阿尔曼之妻
瓦 尔 江	赛吾列提好友
李 生 亮	柳树庄村民
邱 光 继	骆驼队队长，为保护哈萨克族老妇人而牺牲
耿 柱	河西走廊一个小村庄的住户
桃 妹	耿柱之妻
郝 营 长	进疆部队某骑兵营营长
胡 青 山	解放军某部钢铁二连连长，伊吾保卫战的功臣
叶 尔 肯	厄布得格镇的哈萨克族青年
贾 占 山	原为骆驼队队员，实为内奸

1

1948年冬天的一个早晨，天气有点儿阴冷。

在陇西甘州城北的德胜东街上，走着一个妇人，约莫五十岁年龄。她上身穿一件对襟的黑绸棉袄，下身穿一条藏蓝色长裤。裤脚至脚面处被收紧了，缠绑了一条黑色的带子，显得干练利索。这样，便将她的一双小脚露在了外面。她的双脚显然是被包裹过的，脚后跟处粗壮，脚尖儿处窄细，呈锥子形。脚上黑色布鞋的样子也与众不同，后宽前窄。尽管裹过脚，但她走起路来还是稳稳当当，只不过刚迈脚时身子有点儿往前倾，粗心的人是看不出来的。

她是一个很讲究的妇人。头发有点儿花白，朝后脑勺处盘起，正中间插了一个浅灰色的簪子，把发髻牢牢地固定住，头发纹丝不乱。

她叫曹珮儿。此刻，天还没有全亮，她走在德胜东街上，要到前面的德胜西街去。在德胜西街有她家的商铺，名叫叶氏商行。叶氏商行一直以来由她家先生叶鹤亭经营。但是半年前，叶先生突然得了肝病，经过大半年的看病、吃药之后，终不见好，已于五天前离世。重大的人生打击落在曹珮儿身上，一个妇道人家，她几近绝望。但人生就是这么无常，死了的已死，活着的还要活下去。

在经历了巨大的打击之后，曹珮儿反而变得坚强起来。幸好四个孩子已长大，一家人在甘州城里亲友们的帮助下，总算顺利地料理了叶先生的后事，让他入土为安了。

头天晚上，曹珮儿彻夜未眠。与叶鹤亭相濡以沫生活了三十多年，彼此之间早已感情笃深。

叶鹤亭是一个知书达礼的人，自从二十三岁娶了十九岁的曹珮儿，两人一直相敬如宾，生育了三儿一女。一直以来，男主外，女主内，他们配合默契，和谐美满地度过了一个又一个春秋。虽然，在漫长的岁月中，这个家庭受社会动荡影响，也曾遇到过风袭浪击的险境，但终归闯过了激流险滩，家庭还算完好无损。可是，如今叶鹤亭不幸撒手人寰，是曹珮儿精神上最大的打击。心理上的失落再加上现实生存的困境，曹珮儿这半年来常常睡眠不好。天还没亮时，她再也躺不住了。于是，洗漱之后便悄悄地走出叶家大院。她不想惊动孩子们。半年来，为了给父亲治病，孩子们都主动承担家中的事情，够辛苦了。特别是从五天前开始守灵，他们昼夜长跪在棺木前，一个个熬得双眼通红。今天，该让孩子们睡个囫囵觉了。他们一个个正在长大成人，得有个好身体，去应对他们各自的人生。路，还长着呢！

曹珮儿就这么思绪万千地想着，走着，不觉已穿过十字路口，到了德胜西街，叶氏商行近在眼前。

2

这时，天空有了点亮色，但仍阴沉沉的。雪花稀稀拉拉地从天空降下，落在街面上，落在道旁的树枝上，也落在曹珮儿身上。远处的街角似乎有了人影儿。天，快亮了。

曹珮儿来到叶氏商行门前，站住了。她凝神看着仍然关闭的紫红色店门。这可是叶鹤亭苦心经营了几十年的店铺啊！几十年中曾数次装修，最终修饰成了今天这模样。红漆木质的双扇大门，两边各装一个金黄色的手环。下面是三寸高的红色门槛，廊沿下的门楣向外闪出半米左右，上面有精细的雕刻和彩色的牡丹花纹。这是叶鹤亭的心仪之作。他把一生的心思用在了店铺里，这店铺成了他终生的寄托和希望。曹珮儿清楚地记得，这门廊修整完工后叶鹤亭那高兴的劲儿。一向性格内敛的他在店里摆了一桌酒席庆贺，特意请来了世交老友，东街的大商家赵光祖，还有几位要好的乡邻。那天，一向很少沾酒的他竟然喝醉了。席散回家后的夜里，他抓起曹珮儿的双手握在自己胸前，动情地说："珮儿，这些年你跟着我，吃苦了！我，叶鹤亭要让你享福……"

此刻，丈夫说这话时的样子异常清晰地出现在她的眼前，仿佛还在昨天。可是，今天已阴阳相隔……

见物思人，曹珮儿再也无法压抑自己的感情，扑到紫红门扇上哭了出来。

"妈！"

突然，她听到长子叶大和的呼唤声。她停止了哭泣，稍怔之后，回转身来，看到大和站在身后。他旁边站着已怀身孕的大媳妇尚秀帘。他们脸上都露出关心和不安的神情。

曹珮儿赶紧抹去眼泪，带着责备的口吻说："你们……天还没亮，来这里做什么？"

"妈，是您……起得比我们还早。"大儿媳尚秀帘吞吞吐吐地说。嫁到叶家还不到一年，在这不长的时间里，她看出婆婆平时虽然操持着一家人吃喝穿的琐碎小事儿，但遇到大事儿时，婆婆会展现出男子汉大丈夫的那种担当和勇气。尚秀帘从心里佩服她。

叶大和跨前一步，说："妈，天麻麻亮您就出了门，是秀帘听到外面的狗叫声醒了。她不放心您，就叫醒了我。我们这才跟着您到了西街，到了这里。我们是不放心您啊……"

叶大和二十七岁，身架长得敦实，肩宽膀厚。四方脸盘上五官周正，一看就是个性格憨厚、心地善良的人。

此时，见儿子如此体恤自己，曹珮儿心中感动。她痛惜地说："有啥不放心的？我怕吵着你们了，出来散散心，让你们好好睡睡。这段日子，你们都累了。如今，你爹的后事办完了，你们也该缓缓了。瞧，秀帘还挺着个大肚子，可要小心，别连累了小宝宝。这也是你爹祈盼的，可他没这福气，没见到孙辈儿……”

曹珮儿一提到叶鹤亭，不免又一阵伤感。说着话儿，声音便有了点儿喑哑，赶紧停住不说了。

这时传来了脚步声。曹珮儿回头，看到次子叶大顺和他媳妇刘子珍也急匆匆赶来了。再往远处看，又看到了闺女叶大平和三儿叶大安也神色惶惶地追过来。

曹珮儿没想到，自个儿摸黑起早出门散散心，却这般惊动了孩子们。她心中有点儿歉疚，却也甚感欣慰。

眼看天色就要亮了，大街上已有了来来往往的行人，曹珮儿振了振精神，口气硬朗地说：“大和、大顺、大平、大安，既然你们都来了，为娘正有话要说。你们的爹走了，活着的还得活着。从今儿起，我正式分派，大和、大顺，你俩接管叶氏商行。这是你们的父亲辛苦了一辈子留下的家业，是咱一家人活命的根基，你俩要尽心竭力地管好店铺的营生。大和做事儿稳妥谨慎，与外面打交道的事儿由你出面去做。大顺心细账算得清楚，负责做好每天进进出出的流水作业，不可有疏漏。大平，你协助我料理家事。每天一家人吃吃喝喝需要买的东西，归你管！”

曹珮儿一口气说了这么多，眼光看向两位儿媳。思忖片刻，她对二儿媳说：“子珍，你是个利索能干的人，又识字断文，你也来店里吧！他们进货出货时人手不够，你正合适搭个帮手！”

曹珮儿停了一下，她又对大儿媳说：“秀帘嘛，就不给你派活儿啦！等你生了，叶家就有第三代了！”

尚秀帘听到婆母的话，脸色微红，赶紧说道：“妈，还有几个月呢，我也得有个营生做。这样吧，我在娘家时学会了擀长面。今后，我常为家人们擀长面吃吧！”

“好，我就爱吃大嫂擀的长面！”叶大平一边说着，一边挽起尚秀帘的胳膊。

"我也爱吃!"刘子珍也说道,转身挽起了尚秀帘的另一只胳膊。小姑嫂子们在一起,亲昵地笑着。

叶大安不愿意了。他走前一步,问曹珮儿:"妈,我呢,我干啥活儿?"

曹珮儿原本在看俩儿媳嬉笑的样子,心中很是欣慰,这种和谐的家庭气氛正是她所希望的。听小儿子在问,她回过头来正色说道:"你嘛,当然去学堂念书啦!就你有福气,有哥哥嫂嫂供养着你。只盼你好好念书,不图你将来出人头地,只盼你长大有出息,自个儿能养活自己!"

叶大安年龄尚小,正在私塾学堂里念书。此时听母亲这么一说,他突然调皮地向大哥、二哥深施一礼,说:"遵母命,我去学堂里念书!小弟这里先给哥哥嫂子们拜谢啦!恩情后补!"

大家都被叶大安的调皮样儿逗笑了,开心地笑了起来。至此,笼罩在这个家庭整整半年的阴霾似乎被冲淡了不少。

这时,街面有人朝这边张望,也有人在打问:"叶氏商行今儿个开业吗?"

这话提醒了曹珮儿,她郑重其事地对长子叶大和说:"今天,开店门,营业!"

叶大和赶紧从衣兜里掏出钥匙,打开门锁。

店门缓缓地推开了。

3

"叶家嫂子,且慢!"

曹珮儿和孩子们正欲跨过叶氏商行的红漆门坎,忽然听到不远处有人在唤她。她停住脚步,转身看到赵光祖会长走过来。

曹珮儿心中不禁涌起一种崇敬的感情。这赵会长可是甘州城里颇有名气的实业家。赵家祖上几辈都是干实业的，轮到赵光祖这里干得更是出色。他不光在甘州城里开着店铺，还把生意做到了关外。这两年，赵光祖一直关里关外两头跑，生意越做越大。他把关内的茶叶、织布、陶器之类的商品运去关外，又把新疆的丝绸、瓜果、葡萄干等运到关内。货到两边都很抢手。在甘州城里，不少商家都得到过他的帮助。因为叶、赵两家是世交，叶鹤亭在世时没少麻烦他。

赵光祖缓缓走过来。他身穿一套藏蓝色的中山装，头戴一顶黑色的薄呢礼帽，脚上穿着一双做工考究的黑色牛皮鞋。虽然已是五十多岁的人了，仍显得年轻干练。

赵光祖在德胜西街的商铺公一心距离叶氏商行不是太远，他是来巡店的。这些年走南闯北，他是一个在生意场上有格局的人，但在经营中非常谨慎。每次他从外地回老家，总会不顾疲惫地亲临店铺督查。他知道，经商之道既要有眼光，也要靠实干。

曹珮儿和儿女们恭敬地看着赵光祖走来。曹珮儿跨前一步，迎了过去，她躬身施礼说："赵会长，您早啊！"

赵光祖看着曹珮儿，说道："叶家嫂子，您更早啊！您看，这德胜西街的店铺，就您家这叶氏商行先开啦！"

听赵光祖这么一说，曹珮儿谦和地解释道："赵会长，我今儿个起早来，不是为了开店门。"

赵光祖凝神看着曹珮儿，叹了一口气，说："叶家嫂子，我知道你心里难受。人生难料，我也想不到叶鹤亭大哥会这么快就走了……"

赵光祖声音喑哑，显然他心里也很难受。

曹珮儿突然间一扫心中的悲凉说："这些年，当家的一直说您对叶氏商行的提携关照。时至今日，您的大恩大德，鄙妇也不会相忘。在此，特表谢意！"

曹珮儿真挚地说着，又施一礼。她一回头，又对齐刷刷站在身后的儿女们说:“来！大和、大顺、大平、大安,你们都该谢谢赵家叔叔!”

孩子们一直恭敬地站在一边听母亲和赵会长说话。此刻,听母亲一声呼唤,尚秀帘和刘子珍也站了过来齐刷刷地面对着赵光祖。

“赵叔叔,谢谢您!”六个晚辈齐声躬身致谢。

“嗨,别,别……”

赵光祖显得有些意外,忙去阻拦却没拦住。他扶了一下站在前面的叶大和的臂膀,说:“大和、大顺,还有你们,你们这个家几十年来是怎么走过来的,我心里有一本账。当年,你爹没娶你妈前,靠你爷爷摆地摊度日。后来,你们的爷爷靠摆地摊攒了些钱,把你妈娶进了门。之后,你们的父亲一门心思要发家,靠打零工、送货、卸货硬是挣了个叶氏商行。如今,你们的父亲走了,这份家业就靠你们来支撑下去啊!”赵光祖目光炯炯地望着叶家晚辈,他以长辈的身份说了这些话。

曹珮儿感激涕零。这本就是她要对儿子们说的话,此刻却被赵光祖说了出来,内心甚是感激。

叶大和深知责任重大。长子如父。父亲走了,家庭的重担自然落在了自己肩上。听赵光祖说完,他语气坚定地说道:“赵叔叔,您放心,我们会撑起这个家的!”

赵光祖凝重的脸色柔和了下来,说:“看得出你们几个都有出息。这样,你们父亲的在天之灵也会感到欣慰的。”

这时,叶大安突然往前一步说:“赵叔叔,等我们兄弟几个以后生意做好了,也像您一样西出阳关,到新疆去!”

赵光祖用一种惊愕加欣赏的眼光看着叶大安,说:“新疆是个好地方。好,你先好好念书,赵叔在新疆等着你！这会儿,咱们都先开店吧！看,有顾客来买东西了!”

赵光祖转身朝前走去。

“开店了!”曹珮儿面向远处,大声喊道。

4

早饭后，叶大和、叶大顺到德胜西街开店去了。

曹珮儿在堂屋的观世音菩萨像前上香、祈祷。这已是她多年养成的习惯。做完这些，她走出堂屋，看到尚秀帘在厨房里洗锅抹灶。她进去，想帮大儿媳往橱柜里放盘子放碗，但尚秀帘轻轻推开她，说她自个儿就行。她只好走了出来。这时，叶大平和刘子珍姑嫂俩正在收拾院子。前院已拾掇顺当，听她俩还在后院忙活，曹珮儿就走到后院。

后院里零零散散、横竖乱扔着不少椽子、檩子，那是几天前办丧事用过的。叶大平和刘子珍抬着一根木头，要往后墙下置放。见曹珮儿过来，急得叶大平喊道："妈，您过来干甚？让木头撞您一下，怎么得了？"

曹珮儿只得又退回前院。

她在前院坐下来，看看这儿，看看那儿。

这是一座面积不小的院子。坐北朝南是几间高大的正房，正中间一明两暗，明间是堂屋，两侧是暗间。暗间是卧室，靠西的那间一直是叶鹤亭和曹珮儿住，靠东的那间是三儿子叶大安住。叶大和、叶大顺都已娶妻成家，分别住在院子的东西两侧。两侧的房屋都是后来续建的。

曹珮儿就这么坐着，看着，忽然想起了自己该干的事儿，忙起身进了堂屋，又从堂屋进了西侧间。

西侧间原是她与叶鹤亭的起居室。南墙上有一个大窗户，窗户的西墙角摆放着一个大木柜。曹珮儿走近木柜，伸手拉开柜门。

衣柜里放着她和叶鹤亭的衣服。此刻，她想对衣物进行清理。亡者已去，留着这些衣物只能让她睹物思人，触景伤情。她要清理出来，等到三七上坟时焚烧，让叶鹤亭在阴间使用。

曹珮儿一件件翻着，那些曾穿过的外衣、裤子被她放置在外面。但当她翻找到一件纯白色的长袖衬衫时，却怎么也放不下了。因为，从白衬衫里散发出她早已习惯了的气味。那是她再熟悉不过的叶鹤亭的气息啊！

曹珮儿将白衬衫紧紧握在手中，贴在脸颊上，使劲抽动鼻子，尽情地嗅着这再也嗅不到的味道。

两行热泪流了下来。

"叶家嫂子！叶家嫂子！"

听到有人进院，大声地唤自己。那是邻居王老二的婆姨任玉花。

"咦，大平，你妈呢？"任玉花问。

"哦，是任姨呀！我妈在屋里！"叶大平答。

"我有急事儿，找你妈！"任玉花说着，直冲冲进了正房。

曹珮儿急忙放下手中的白衬衫，转身迎过来。

"哦，叶家嫂子，可不好啦！有件事儿你听说了没？"任玉花急惶惶地说。

"啥事儿？你慢慢说。"曹珮儿挪过椅子，对任玉花说。

任玉花压低声音，往曹珮儿身旁凑了凑说："叶家嫂子，甘州城里都在传说，马家军要抓壮丁，'两丁抽一'。要挨门挨户查人头呢！"

"抓壮丁？'两丁抽一'？"曹珮儿一听，大吃一惊。

"是啊！叶家嫂子，不，曹姐姐，'两丁抽一'就是说谁家有两个儿子的，必定抽一个去当壮丁。你家不光有俩儿，已经有仨儿啦！赶紧想办法吧，要不，不论大和、大顺、大安，哪一个让抓了去，你能受得了吗？"

曹珮儿这段日子深居简出，不想理会外面的事，没想到世面上又出了这档事，惊得一时说不出话来。

任玉花离开了座，要走，又站住了。她又凑前一步，压低嗓门说："我得走了！我家就有两个儿子，我得想办法让他们离开甘州城！事不宜迟啊,我走了!"

任玉花急匆匆走了。

曹珮儿坐在那里,一动不动,两眼发呆。

5

任玉花走后不久,出门买菜的叶大平急匆匆地回来了。她双脚迈进大门,又回身望望街面,关紧门扇,才急急地朝厨房走去。

"大平,你咋这么快回来啦?"站在面板前揉面的尚秀帘扭头问道。

叶大平放下手中的菜篮,直戳戳地说:"大嫂,又有事儿啦!"

尚秀帘发觉小姑子的情绪不对劲儿,停止揉面,惊愕地问:"又有啥事儿啦?"

叶大平探一眼院里,问:"妈呢?"

"一直在屋里吧!任玉花来和她说话呢,人家早走了,没见妈出来。"

"大嫂,不好了,街上都在传说'两丁抽一'!"

"啥'两丁抽一'?"刘子珍进了厨房问道。

叶大平递给刘子珍一个小板凳,说:"二嫂,先坐下!"

叶大平这才说,她出去买菜,一出院门就发现大街上行人稀少,而且个个行色匆匆。她不知道是怎么回事,便继续往前走。到了菜市场,发现好多摊位都空着。找到一家卖菜的,他家只有萝卜、白菜、土豆,哪儿有大嫂要的香菜和大葱。一问卖主,对方说这几天官府抓壮丁,搞得人心不安,都不敢做生意啦!说是"两丁抽一",还要挨家挨户查人头呢……

曹珮儿已站在厨房门口,大平的话和任玉花说的话一模一样。

"'两丁抽一',咱家已是三丁了!"曹珮儿喟然长叹!

“妈!”

叶大平、刘子珍、尚秀帘齐抬头,看到了倚门而站的曹珮儿。

叶大平急忙扶母亲坐下。她问:“妈,你知道了?”

“任玉花来就是说这件事儿。”曹珮儿说。

“妈,‘两丁抽一’,咱家大哥、二哥、小弟,已是三丁啦！这可怎么办啊？还说这两天衙门里的人要挨家查人头。可咋办啊……”叶大平焦急地说。

“是啊,可咋办呢?”尚秀帘突然明白了过来,她低头看自己已隆起的肚子,万一,大和被抓走了……

“咋办啊?”刘子珍也长叹一声,强烈的不安袭上她的心头。万一叶大顺被抓去,她该怎么办啊？他们结为夫妻还不到两个月……

曹珮儿看着俩儿媳,她心里更难受。三个儿子都是她身上掉下来的肉,抓哪一个去都是在剜割她的心。她能说什么呢？要怪,就怪这个世道。如果世事平安,她这个家应该是很好的。几十年来辛辛苦苦,眼看着孩子们一个个长大成人,娶妻生子,自己也该儿孙绕膝、安度晚年了,却不承想刚刚办完亡夫的丧事,儿子们又摊上了抓丁这档子坏事儿。真是天有不测风云啊!

此时,叶家上空似乎笼罩了乌云。

6

叶大和、叶大顺来到店里。叶大和擦擦柜台、抹抹货架,等候顾客的到来。叶大顺则走到后院,从库房里推出三轮车,准备出门。

这些天,店里已被他俩拾掇顺当。货架上不见了空当,店里打扫得清爽明亮,生意渐渐恢复起来了。但是,这年月人们挣钱不易,花钱便手头紧。几天下来一算账,叶氏商行盈利甚微。按这种情况来维系一个七口之家的生活,今后连买米、面、油都无法保证。叶大和、叶大顺商议:必须得从别的渠道再挣钱,才不致使家庭遭遇危机。叶大顺提议,兄弟俩分工,兄长经营店内生意,他自己每天骑三轮货车去货场帮人送货。那儿总有大商家,工钱总会按时给的。叶大和心疼叶大顺,说:“兄弟,那是个苦力活儿,你体弱,怎受得了?”

“我正值年轻,别看我没长胖,身体有的是劲儿! 大哥,放心!”

叶大顺推三轮货车出了店门,长腿一伸,骑上三轮车走了。

看着二弟骑三轮车走远了,叶大和抬头再看,太阳已经升高了。他朝街对面看去,看到临街的其他店铺也未开门。再看看自己这边,其他的似乎也没开门。平日里,商家在这个时辰,已在迎客送客。而这会儿却冷冷清清,显得很是反常。叶大和怔怔地站住,不知道是怎么回事儿。

这时,小弟叶大安从街北的巷子里走了出来。叶大安读私塾的老师是住在那条巷子的,大安这是逃学了? 叶大和心想。

“大安,你咋逃学了?”叶大和责备地问。

“我哪里是逃学? 是先生不教了,让我们回家去!”叶大安委屈地说。

“那是为啥呢?”叶大和问。

“大哥,不好了! 说是东城区那边正在挨门挨户查人,‘两丁抽一’。查到谁家有两个以上的儿子,就抓去当壮丁。先生还说……”

叶大和前两天听到过这种传言,没怎么往心里去。没想到这些传言是当真的,而且来得这么快! 他忽然明白了今天为什么商家都未开店。他突然意识到这事严重又急切。可是,怎么办呢?

“大哥,咱赶紧回家去吧! 教书先生说,别在街面上乱跑,免得让警察抓去。”

“大安,这会儿绝对不能回家去! 既然警察已经挨门挨户查了,咱仨弟兄都在家，那不等着活活被抓吗？”叶大和语气坚定地说。

“那咋办呢？”叶大安惶惶地问。

叶大和想了想，说：“你立马去店后的库房里藏起来。如果听到前面有动静，一定要沉住气。万一警察进来搜到了后院你被发现，你一口咬定是店里雇来的临时工。记住，不能承认我俩是弟兄！快进里面！”

叶大安进了后院窄小昏暗的库房。叶大顺抽身出门，又叮咛一句：“不要出声！如果有人来了，不能承认我俩是弟兄！”

“好！”

叶大安答应一声，缩缩身，躲在货箱背后。

7

整个上午，曹珮儿忐忑不安。她知道事情已到了火烧眉毛的地步，盼着儿子们回来商量对策。

尚秀帘和刘子珍在厨房里擀好面，滚好臊子汤，但迟迟不见叶大和、叶大顺、叶大安回来吃饭。往常这时辰，叶大安早已从私塾老师那儿回来了。叶大和、叶大顺也会轮换着回家吃饭。

曹珮儿又一次走出大门望儿子。

她看到邻居任玉花拎着大包小包出门，她家根生、根宝俩儿子也探头探脑地紧随其后。任玉花的男人最后出门。他把院门关紧，上锁。

曹珮儿走过去，惊诧地问：“玉花妹子，你们真要走啊？”

“是啊，曹姐姐。再不送俩儿子走，让抓去当壮丁、堵枪眼啊？”任玉花急匆匆地说，“送他们去南山，那里有我娘家人。先避避这风头吧！”

“快走吧，还啰嗦个啥？”

任玉花的男人催促任玉花，迈步朝前走去。

任玉花看了一眼曹珮儿，说：“曹姐姐，我们走啦！”

任玉花两口子陪俩儿子急匆匆朝北走去。他们要去城北的骡马驿店,然后去南山。

曹珮儿忽然意识到,分分秒秒都不能再拖延了! 可是,她有啥办法呢? 她突然觉得眼前一阵发黑,无力地坐在墙边一个大树桩上。

突然,她看到远处有来人,一激灵,头脑清醒了。再一看,是赵光祖的大马车走在街上。

对,去找赵光祖,请他拿个主意。凭着祖辈们的交情,赵光祖也许会帮一把的。退一步,为了儿子,就是去求人家,曹珮儿也豁出去了!

曹珮儿忙起身,朝赵光祖的大马车追去。

8

大马车要进赵府大院时,赵光祖才看到曹珮儿。她也进了大院。

赵府家大业大,房屋多,院落大。车夫将马车赶到院西后墙那儿停了下来。赵光祖从车上跳下来,径直迎着曹珮儿走过来。

平日里,曹珮儿见到赵光祖总是恭敬而有礼貌。这会儿见赵光祖朝自己走了过来,她顾不了那些繁文缛节,站定后便话入主题,说道:“赵会长,大兄弟,我今儿个冒失来贵府,有事儿求您相帮。不知您……”

她说着,仰头看相貌堂堂、身材魁梧的赵光祖。

赵光祖已猜出曹珮儿是有事儿找上门的。他一向敬重曹珮儿,不光因为两家是世交,她是亡友叶鹤亭的妻子,还因为多年来他看到她的为人和处世,因而敬重她。此刻,他赶紧谦卑地说道:“叶家嫂子,您有事儿,但说无妨。走,先进屋!”

曹珮儿有点儿迟疑。

“叶家嫂子,进屋! 这儿说话不方便!”

赵光祖抬眼看看大门外，脸色凝重地说。

曹珮儿进了赵府堂屋。

这几年，赵光祖的生意活动主要转到了口外，已将家眷也搬了过去。老家祖上的房屋一直没有处置，用来临时储藏货物，雇人看管。他从口外回来时也住。这次他回老家，已有十来天了。

赵光祖问道："叶家嫂子，您这么急着来找我，究竟啥事儿？"

曹珮儿说："大兄弟，我找你帮帮我，帮帮我的儿子们！官府要抓壮丁，'两丁抽一'。我来求您，您把他们带关外去吧！"

这几天甘州城里人心惶惶，赵光祖深有感触。这确实是个火烧眉毛的大事儿。凭他的秉性，不忍心看叶家再出事儿。看在他与叶鹤亭生前的交情，这事儿也一定得帮。可是，去关外，那可不是小事儿。离乡背井，骨肉分离，好端端一个家怎忍心就这么拆散？可是，如果不帮，这个家会面临更大的灾难。赵光祖一时很难作答。

他沉吟了一会儿，问："叶家嫂子，去关外您母子分离，路途遥远，您母子何年何月才能相见？再者，关外黄沙戈壁，人烟稀少，侄儿们怎能受得了？还有……"

曹珮儿看出赵光祖在试探自己，斩钉截铁地说："赵家兄弟，如今这世道，能保条命就是大道理！就让他们走吧，越远越好！您若肯帮忙，嫂子在这给您作揖了！"

"别，别！叶家嫂子，那就说定了，今晚三更后天亮前，你就让侄子们来，坐马拉大车走吧！"

赵光祖这话一出口，就给了曹珮儿定心丸。她很高兴，但又不由得问道："今晚？三更后天亮前？"

"对！就今天三更后天亮前。走晚了，恐怕城门一关就出不去了！"

"啊？"曹珮儿吸了一口气，没想到事情来得如此之快。她稍停之后，又说："那，大兄弟，我得赶紧回去了！您也该歇歇啦！"

"哦,叶家嫂子,三更时分我会叫马车夫到你家门前去,叩门三下。听到叩门,即刻叫他们出门。不可耽搁!"

"好! 叩门三下,即刻出门!"曹珮儿嘴里念叨着,要往外走。

"叶家嫂子,停停!"

赵光祖突然像想起了什么,追上来喊道。

曹珮儿停了下来。

"叶家嫂子,我这马车上装着货,顶多能坐两人。依我看,您就让大顺、大安走吧! 官府榜文'两丁抽一',他俩走了只剩大和,也不会让抓了去的。再说,您家里也得有个男人啊!"

曹珮儿听赵光祖这话说得在理,考虑周到。她稍一思忖,说:"好,就这么定了!"

赵光祖目送曹珮儿走了。

9

曹珮儿从赵光祖府上回到家中,看到尚秀帘和刘子珍俩儿媳坐在院中,神色暗淡。羊肉臊子汤已经煮熟,在院里闻到了一阵香味儿。长面也下了出来,放在案板上的盘子里。看得出,谁也没吃。

俩儿媳嫁到叶家时间都不是很长,尚秀帘刚过门一年,刘子珍还不到两个月光景。此刻面对刘子珍,曹珮儿心中很不是滋味。按理,子珍与大顺还处在新婚时期,可是却面临着残酷的分离。作为婆婆,她怎这般无情? 可是,曹珮儿深知,如若优柔寡断,错过了赵光祖提供的这次机会,那后果会更糟糕。她已拿定主意,为了保命,大顺、大安必须尽快离开甘州。

曹珮儿也坐了下来,从头至尾把去赵光祖家的经过讲了一遍。

"啥? 让大顺、大安去新疆? 而且是今天晚上?"刘子珍显然没做好思想准备，吃惊地问。

“是，赵会长说走晚了，害怕封城。一封城，想走也走不了了！唉，为娘的也舍不得放他们走啊……”

刘子珍背转了身子，哭了起来。

尚秀帘忙进厨房，想为刘子珍端杯水来。

这时，叶大平回来了。不见哥哥弟弟回家，心中发急，便独自跑了一趟德胜西街的叶氏商行。她说，大哥说了，白天街面上风声紧，他们就不回来了，等天黑了再回来。还说，大安正藏在店铺后面的库房里。

曹珮儿总算知道了儿子们的讯息，心中安然了许多。但她忽然又想到一事，便问叶大平："那，你二哥呢？"

叶大平有点儿踌躇。她这一趟去，才知道二哥每天去店里，实际上又去打零工替人送货，额外再挣点儿钱。为了养家糊口，两位哥哥辛辛苦苦，想办法赚钱。叶大平心中很感动也很愧疚。可她心里又不想让母亲知道这事。母亲年纪渐老，他们都不愿让曹珮儿过度操劳。于是，她搪塞说："我去那会儿，二哥不在店里，兴许去上茅厕了吧！"

“哦。”曹珮儿应一声，忽然起身，对女儿说，“大平，这会儿你去厨房帮我烙饼！你二哥、弟弟要上路，烙饼让他俩在路上吃。”

“上路？”叶大平奇怪地问。

“是，今儿个三更时分上路。”

曹珮儿又将去赵光祖家的事儿简单讲了一遍。

刘子珍在婆婆说话时去了后院。她心里难受。

叶大平紧随母亲进了厨房。

10

夜色已沉。

叶家大院里灯火一直没有熄灭。厨房的案板上叠放着三摞烙好的饼。旁边放着准备装饼的布袋。那是准备当晚给俩儿子逃难上路后吃的。

这时,尚秀帘、刘子珍怏怏地坐在院里。叶大平在厨房里洗干净了面盆等餐具,又将灶膛里的炉火熄灭。

曹珮儿走出院门,又踽踽地走了进来。

"妈,您进屋去歇歇吧,我们等着。"尚秀帘对走过来的婆婆说。

"妈,您就回屋去睡吧!您一把年纪了,这么接二连三遇事儿,不注意身体可不行!"刘子珍也说。

这会儿,她的情绪似乎缓过来了。

曹珮儿索性也坐了下来。她心中欣慰,平日里看不出,一到节骨眼儿上,这些孩子们可真顶事儿。曹珮儿想,再大的事儿自己也得顶住!为了这个家,为了这些孩子们。

忽然,门被推开了,叶大和、叶大安回来了!

"饿死我了!我要吃饭!"

叶大安嚷嚷着,进了厨房。

叶大平急忙跟进去,热烫了臊子面,捞两碗放在厨房小桌子上。叶大和、叶大安吃了起来。

曹珮儿忽然问道:"咦,你俩回来了,老二呢?"

正在吃饭的叶大和抬起头来,反问道:"咋,老二还没回来?"

"是啊,今儿一天都在等他、盼他,他到底去哪里啦?"曹珮儿焦急地问。

11

此刻,叶大顺正在离他家不远处的街角旮旯儿。他衣裤上沾着泥土，脸色灰白，一扫平日里的那种儒雅气质。他缩着身体，一边窥探，一边半蹲着挪动脚步。他心里高兴，快到家了。

刚刚经历的这一天，对他来说简直是一场噩梦。上午，他告别大哥叶大和去卸货场替人送货。送了两趟货倒也顺，赚了些零钱。轮到第三家，路程远，在甘州北街。一直以来，北街地痞乡霸多，常常发生群殴。叶大顺当时有点疑虑，但货已装进三轮车，他也想赚那点儿送货钱，只好咬着牙蹬上车，朝北街而去。街面上行人稀少，冷冷清清。这些天，关于抓壮丁的事儿私下都在传说，搞得老百姓不得安生。叶大顺走着，脑神经也紧绷着。日头偏西的时候，他终于到了北街。再拐过一个巷子，就到卸货场老板指定的那家店了。

可是，就在他微微松了一口气的当口儿，突然，寂静的街道上传来一阵嘈杂声。很快，一群地痞流氓从街对面吼吼喊喊地走了过来，有十几个人。他们个个凶神恶煞，有人拿棍棒，有人拿枪械。叶大顺顿觉情况不妙，赶紧踏三轮车想拐进巷道，但那帮地痞流氓已冲着他来了！

"站住！"

眼看只隔十几米远了。叶大顺狠劲一蹬，车轱辘被一块大石头卡住。三轮车翻了，货物散落下来，叶大顺差点儿摔倒在地上。

"抓住他！"地痞流氓们喊道。

叶大顺顾不了货物，拔腿就跑。他跑进巷道里。他知道，跑得越快，就离危险越远。终于，他跑到了巷道的出口。在那儿有一个茅厕，茅厕后面有个大坑。他进到大坑里，气喘吁吁屏气静听。

他听到，那帮地痞流氓正在分抢自己运送的货物。货物未能送到商家，却被这群王八蛋分抢了。叶大顺很愧疚，但又感到庆幸。是这车货物换了自己的命。

他意识到继续待下去必是凶多吉少，要趁地痞流氓们抢货物的时候离开这里。于是，他逃到不远处的河坝，直到天黑才敢回家。

这会儿，他摸索到家，轻轻地叩击大门。

开院门的是刘子珍。

“啊，你，你可回来了！”刘子珍一把抓住丈夫的胳膊说。

叶大顺关了大门。

“你，你这一整天去哪里啦？全家人都快急死啦！”刘子珍把叶大顺拉得更紧，怕他再离开似的。

曹珮儿、叶大和、尚秀帘都站在院中，叶大平、叶大安也从屋里走了出来。

夜色越来越浓。本该酣睡的时刻，在叶家，却人人备受煎熬……

12

待叶大顺吃过饭，一家人聚在一起，曹珮儿又将眼前的困境说了一遍。大家认为没有别的办法，只有眼前这条路了。

“都抓紧时间睡会儿觉！”曹珮儿横下心，催促儿子们。

她知道自己不进屋，儿子们也不会进屋，于是，起身朝自己房间走去。

曹珮儿怎能睡得着啊！她回到堂屋上香！

曹珮儿打小受奶奶影响，信奉佛教。嫁到叶家后，这个传统保留了下来。每天清晨洗漱之后，第一件事便是进堂屋给观世音娘娘上香敬拜。生在乱世之中，她以自己的虔诚之心求佛保佑，祈祷家人安宁。

此刻，她站在神龛前，郑重地系紧衣扣，又抻抻衣襟，眼神专注地投向观世音。观世音娘娘右手拿着杨柳枝，左手拿着水晶瓶，满脸慈祥，眼光定定地看着曹珮儿。曹珮儿躬身点燃三炷香深深地鞠躬跪拜。

恍惚中，她觉得观世音娘娘活了起来，她嘴唇微动，似乎想对她说什么。她的玉指金手扬起柳枝上的水珠，仿佛洒向了自己，告诉她，她和她的家人会逢凶化吉、平安无事、顺顺当当的。

曹珮儿总算轻松了许多。她退转身坐在靠墙边的木椅上，想让心和思绪静下来。

一切都是安静的。

13

叶大安倒在床上睡着了。

早晨去学堂，私塾先生因世面混乱而停了学。他深感茫然，不敢在街面上逗留，在叶氏商行的仓库里躲藏了一天。一直以来，他被家人宠爱，大小事儿都有别人操心，他活得快乐轻松。而这一天的遭遇，突然改变了他内心的感知。原来，世事多变，人生无常。

挨到天黑与大哥回家后，迎头得到的是立即逃离甘州城远去关外的决定。这对一个未满十八岁的孩子来说确实难以接受。长这么大，他从来没离开过甘州城，没离开过家。家中有亲人，有母亲，是他的栖身之地。如今，要他弃母而去，他怎能忍心？他就是在这种情感的纠结之中昏昏入睡，迷迷糊糊醒来时发现堂屋的灯是亮着的。

他来到堂屋，看到母亲独自坐在那儿。她显然整整坐了一晚上！

“妈！”叶大安唤一声。

曹珮儿一愣，随即转身问：“安儿，你不是睡了吗？”

“妈，我想和您说会儿话。”叶大安拽把椅子，紧傍曹珮儿坐下来。

“安儿，妈也有话要和你说呢！”

曹珮儿拢过叶大安的头放在自己胸前，手指轻轻地在儿子身上抚摸着。

半晌，母子二人无语。

“安儿，你不是有话要和妈说吗？”曹珮儿问。

叶大安扭过头问:“妈,我和二哥去了口外,你咋办啊?”

曹珮儿叹一口气说:“你俩走了,有你大哥在,还有你大嫂、二嫂和大平姐。你就放心去吧! 倒是有句话你一定要记住:你和二哥在一起,不管路有多远,都要在一起,相互帮衬,不能走散! 安儿,你还没长大,妈不放心的就是你啊……”

“妈,你放心,我会记住你的话的!”叶大安赶紧说。

“唉,要是妈有别的办法,哪里舍得让你们走啊! 要怪,就怪这世道……”

曹珮儿不见三儿子应声,低头一看,大安已在她怀里睡着了。

曹珮儿稳稳身子,抚摸着儿子。

她想让三儿子在自己怀里多睡会儿。

14

大门外传来三下叩门声。

叶大安猛地从母亲怀中跳起来,揉着惺忪的眼睛梦呓般地说:“妈,我和二哥该走了! 我们该走了……”

曹珮儿也激灵着清醒过来。啊,分别就在眼前。

他们来到院中,叶大和也一边穿棉袄一边走出来。他身后跟着尚秀帘。两个弟弟被迫离家远去,他心中七上八下。看到母亲和小弟站在院中,他转身朝西厢房看去。那边住的是叶大顺和刘子珍。

“二弟怕是睡过头了,咋还不见他出来?”叶大和说。

咣、咣、咣,又传来敲门声。

“我去叫他!”

曹珮儿说着,急忙向西厢房走去,小声但急切地喊道:“大顺,你该走了!”

其实，叶大顺和刘子珍早已起床了。这注定是叶大顺和刘子珍一生中难忘的夜晚。

刘子珍出生在书香之家，爷爷曾考取当地举人。老辈们素有交往。叶家是儒商，刘家是名门。所以，叶大顺与刘子珍从小相识，渐渐长大，相互倾心。但是，刘家后来出了事儿，刘举人被无端地扯进一桩官司，打入牢中。刘子珍的父亲咽不下这口气，立志进省城为父伸冤，莫名其妙地死在途中……

外面传来叩门声，他俩都听到了。可是，刘子珍依偎在叶大顺怀里嘤嘤抽泣，让叶大顺两难啊！听到母亲在门外催促，叶大顺狠下心推开刘子珍，拎起桌上放着的包裹要出门。

“顺哥，有一样东西，你一定要带上！”

刘子珍转身从桌上拿起一个小盒，从里面拿出两根带有珠子的红丝绳。她蹲下身抹开叶大顺的裤脚说：“戴上它！让它保你平安！”

叶大顺眼噙热泪，看着娇妻。这一去，一切未卜，谁知何日再相见？他紧紧地拽住刘子珍的手贴在自己胸前说：“子珍，我走了，你一定要照顾好自己呀！还有，代我照顾好妈！我走了！”

叶大顺跨步出门。

院子里，家人们都站在那里。叶大顺一把拉起叶大安的手，说：“大安，该走啦！”

“大顺哥！大顺哥！”刘子珍突然跑出来，大声说，“不管走到哪里，你可一定记着捎信儿回来呀！”

夜色中，叶大顺、叶大安上了马车。

马车夫一声吆喝，马车往前走了。

曹珮儿突然老泪纵横。大家都站在那里，一直看着马车消失在薄雾中。

15

叶大顺、叶大安坐到马车上。不远处,赵光祖骑马等在那里。

马车夫扭过头说:“看,你俩坐着的空木箱,快钻进去!”

叶大顺转身拎木箱,果然是空的。看来,赵光祖用心良苦。他弯曲着身子,钻了进去。叶大安还在犹豫着。

“出城门,要检查。混出城门就没事了!快进去!”马车夫对叶大安说。

叶大安只好钻进去。

马车夫隔着木箱叮嘱:“记住,逢到出城门过关口,你俩一定屏住气!卡口要检查,赵东家会应付,只说车里装的是货。万一露馅儿,可千万别把赵东家扯进去,只说你们是自个儿在车停靠时偷着爬上来的。记住了!”

黑暗中看不清马车夫的脸,但他的语气强硬。叶大顺、叶大安已感觉出这趟走西口,赵光祖是担着风险的。他俩赶紧应声。

前面骑马的是赵光祖,他总是超前十来米。

叶大顺、叶大安屏声静气。透过木箱的缝隙,马车渐渐离开了德胜街,穿街走巷,向城西方向而去。

天还没有全亮,马车到了西城城门口。叶大顺、叶大安的心似乎提到了嗓子眼儿上,咚咚直跳。这可是非同小可的一关,出去则罢,要是出不去,后果不堪设想。

马车缓缓停下来,马车夫下了车。

“要去哪里?”门卫厉声盘问。

“哦,长官,要去关外,去送货!”马车夫答。

“去关外?车里装的啥货?”又一声盘问。

“长官，车里装的有茶叶、陶陶罐罐。我们常走这条路。把这边的货运去卖了，再把那边的特产运回来卖。下次，我回来时一定给长官捎新疆葡萄干，还有香甜的哈密瓜。”

“少废话！”门卫打断马车夫的话，说，“我要看你车上装的到底是啥货！”

“这位大兄弟！”站在前面的赵光祖下马，返身走过来缓缓地从蓝色长呢大衣袋里掏出一盒香烟，抽出一支，递给门卫。门卫停住脚，看着赵光祖，脸色缓和了下来，伸手接过赵光祖的香烟。

赵光祖吐出一口烟圈儿，不紧不慢地说：“这位兄弟，你不认识我，可你们警局的蔡局长还认识我呢！三天前，我们还在一起吃饭。蔡局长还称我为哥呢！”

警卫吸一口香烟思忖着：看眼前这一位，竟然与蔡局长称兄道弟，显然是个人物。他谦恭地后退一步，谄笑着说：“都怪我有眼无珠，您就是大名鼎鼎的赵光祖会长吧？”

“兄弟言过了。在下正是赵光祖。”

“啊，赵会长，都怪鄙人地位卑微，今日才得见赵会长一面。快，放行！”

门卫急步离开马车，指手向前，示意通过。

“再会！”赵光祖也骑上马，向门卫挥手。

叶大顺、叶大安悬着的心终于放下来了。这一关，过了！

这时，天亮了。

16

当马车渐渐看不见的时候，曹珮儿再也不能支撑下去，觉得头晕，差点儿栽倒在地。孩子们把她搀扶进屋。

她在床上躺了好一会儿才睁开眼，看到大儿媳尚秀帘守在头边，二儿媳刘子珍立在她的膝下，女儿大平拿一条浸湿的毛巾敷在她额头上，唯独不见叶大和。

“老大！老大！”她有点神经质地大喊道。

叶大平忙说：“妈，大哥正要去请郎中呢！”

“请甚郎中？这不，我躺躺这不就好了？”曹珮儿说着，动了动身子，双手撑床沿要起来。

尚秀帘忙按下她的肩说：“妈，天刚亮，您就再躺会儿吧！”

刘子珍掖掖被角也说：“妈，这两天您太累了，就好好缓缓吧！”

叶大和听到母亲直呼唤他，急忙进屋。

“妈！”他看到母亲似乎好了许多。

“老大，妈没事儿，不用请郎中！”曹珮儿说。

曹珮儿知道家底。要请郎中，那就得花一笔钱，近半年来家中出多进少，哪里有闲钱请郎中？而且，现今街面上不平安，叶大和走上大街，太招人眼目了，她不放心。

叶大和依了母亲说：“妈，那您就再躺会儿吧！”

曹珮儿重又躺好，说：“好，妈听你们的！”

叶大和转身对尚秀帘说：“你和大平去厨房吧，熬锅小米粥，炒个菜，咱早饭就吃馒头。子珍，你也回屋歇歇吧！这会儿，你心里一定不好受。”

叶大和知道二弟这一走，弟媳心中会异常失落。刘子珍强忍住泪水说：“大哥，我也去厨房，和嫂子说说话去！”

刘子珍起身走了。要不，她的眼泪就会流下来。她不想当着大家的面哭泣。

屋里只剩下叶大和、曹珮儿母子二人。

“老大，你说，大顺和大安这会儿出了甘州城门没有？”曹珮儿突然问。

叶大和也正在想着这事儿。可是，他该怎么回答母亲呢？前面的路是黑的，但愿上天保佑！

“大上午了，该出去了吧！”叶大和说。

“哦，该出去了……”曹珮儿喃喃地说。

她觉得很困，想好好睡一觉。

17

叶大平挎着菜篮子慌慌张张回家。她掩好门，径直朝厨房走去。

“二位嫂嫂，情况不妙！我看到李保长带着人挨家挨户查人头，很快就到咱家了，这可怎么办呢？大哥呢？”叶大平焦急地说。

尚秀帘正在跟刘子珍说话，两人面面相觑，不知怎么办才好。

“大哥！”倒是叶大平还有点儿主见，赶忙走出厨房，在院中喊道。因为这事儿直接和叶大和有关联！

没见叶大和出来，却见曹珮儿从西厢房颤颤巍巍地走过来。

“啥事儿，这么慌张？”曹珮儿问。

叶大平把缘由又说了一遍。尚秀帘和刘子珍也来到院中。

“妈，我大哥呢？”叶大平问。

曹珮儿也说不上，只记得半个时辰前她迷迷糊糊刚睡着的时候，叶大和是守在她跟前的。可这会儿，怎么不见了踪影？

“老大！”曹珮儿面朝后院喊道。

这会儿，叶大和正在后院的煤堆旁。这些天风声紧，叶大和动了心思，他要将后院的煤堆垒放起来，弄出一个可以藏人的窑洞。这会儿，他已将大煤块放底下，小煤块往上码，码了一人多高。他想，万一真有事儿，也可以避避风头。站在远处看，是看不出这煤堆有啥猫腻的。

听到母亲喊他，赶紧应了一声。

曹珮儿等人走到后院。叶大平把在街面看到的情况说了一遍，问："这可咋办？这可咋办？"

叶大和知道家人们都为自己担心，就指着煤堆说："我可以藏在那儿。"说着，便钻了进去。

事不宜迟！叶大平赶紧拎一个旧柴筐堵在煤堆口。曹珮儿要求俩儿媳赶紧回厨房佯装做饭。

咚！咚！

叶家大门被使劲儿敲着。随即，双扇门被推开，有人进到院子。

"有人吗？"

曹珮儿从堂屋走出来。她显得惊讶，但面色温和，站在来人面前。来了三个人，一个矮点，另外两个高点。高点儿的两人显得年轻，矮点儿的大约五十岁。

"啊，长官，这么急匆匆的有什么事吗？快请屋里坐！"曹珮儿恭敬地说。她靠边一站，微躬身躯，客气而礼貌。她不认得李保长，但她听说过李保长。她想，这个年龄大点儿、个头矮点儿的，应该就是李保长了！

李保长看了曹珮儿一眼，又看了墙边拄着扫把的叶大平一眼，说："不坐了！我们来查人头，你家有几个男丁？你家其他人呢？"

"尚秀帘、子珍，你俩出来一下，官家查人头呢！"曹珮儿冲厨房喊道。

尚秀帘、刘子珍从厨房出来。

"你家几口人？"站在李保长左边的年轻人打开手中的黑皮本，问曹珮儿。

"这……"曹珮儿答，"除我之外，再算上她仨人。哦，共四人。"

"你是一家之主，姓氏？"年轻人问。

“我姓曹，夫家姓叶，叫叶鹤亭，刚去世。”曹珮儿答。

“她俩是你的什么人？”年轻人看一眼叶大平问。

“她是我的小闺女。”

“她呢？”年轻人朝刘子珍望一眼，又问。

“她是我的大闺女。”曹珮儿不慌不忙地回答。

站在一旁的刘子珍冒出一身冷汗。她真害怕婆母如实回答，那样便会牵连出叶大顺来。幸好，婆婆还算机灵。

年轻人又将眼光落在尚秀帘身上。尚秀帘站在最后。她怯场，而且是孕妇，本能地往后退了一步。

“咦，你出来！”年轻人说。

尚秀帘只得走出来。

“你是？”李保长狐疑地问。

“她是我儿媳！”曹珮儿抢先答。

“儿媳？那，你儿子呢？”李保长盯着曹珮儿，咄咄逼人地问。

曹珮儿说：“儿子去南山乡下种地了。这一年，一家人的口粮就靠他种地养活着，天最冷的时候才回城。”

李保长眨眨眼睛，又问：“你就一个儿子？”

曹珮儿哧一声，笑道：“可不，本想多生个儿子，长大后给他当助手。谁知，连生俩，都是丫头片子。这不，长大后只苦了儿子，活成了乡下人！”

李保长听着，面无表情。他回转身四下张望，嘴里说：“咦，你一个寡妇人家，带女儿、媳妇过活，这院子倒是蛮大啊！”

说着，李保长迈步向后院走去，另一个年轻人也跟了过去。

叶大平赶紧跟过去，问：“长官，您要上茅厕吗？您瞧，茅厕在那边！”

李保长看到了南墙角下的茅厕，但眼光又回过来，看着不远处的煤堆。最终，他似乎没看出什么，回过头挪动着脚步。

他们走到前院，朝大门外走去。

曹珮儿赶紧陪送说："长官，辛苦了，慢走！有空儿再来寒舍喝茶！"

18

马车从甘州城西门出来后，一路向西，奔驰而去。

这时，太阳升到半空，暖暖的阳光普照大地。虽尚不见草长树绿，但空气中散发着一种春的气息。叶大顺、叶大安仍然蜷缩在木箱里。透过缝隙，刚开始能看到沿途稀稀落落的村庄。后来村庄不见了，见到的只是旷野。

叶大安实在受不了，捅了捅木箱，压低声音唤道："二哥，二哥！"

叶大顺睡着了。上马车后，他一直保持着高度的警觉，神经紧张。出了甘州城西门后，悬着的心才算放了下来。头一天经历的一切都像一场噩梦。上半天他去甘州城城北送货，差点儿送了命。后半天躲在河坝里避难，直到天黑才胆战心惊地摸回德胜街的家中。谁知，一场突变正等着他。一晚上，他的心绪如江河的波涛跌宕不平。离开生养他二十多年的故土，他不舍；离开年迈慈爱的母亲远去他乡，他不忍。最撕扯他内心情感的那个人是刘子珍！他们喜结良缘生活在一起还不到两个月啊！子珍身世坎坷，是最需要他的疼爱和体恤的。他知道有母亲，有哥嫂，子珍不会太孤寂的。可是，谁也代替不了他呀！整整一天一夜，叶大顺的心累极了。这会儿，他竟然在马车的木箱里睡了过去。

"二哥！二哥！"

叶大安突然有点儿担心，害怕叶大顺憋闷了过去，放大声音喊道。

叶大顺听到喊声醒了，问："大安，怎么了？"

"二哥，我要小便！"叶大安说。

“那咋办?”叶大顺说。其实,他这会儿也觉得憋得难受。想想,自打上车到现在,已过去好几个时辰了。

“再忍忍吧,大安。”叶大顺说。

“二哥,我忍不了啦!”叶大安大声说。

“喔……”

马车夫唤了一声,马车慢慢停了下来。很快,赵光祖骑马也停在马车一边。从三更时分上车至此,叶大顺、叶大安知道赵光祖虽不在车上,但一直和他们同行。他们曾听到他的声音,但一直未看见他本人。此刻,赵光祖喊道:“大顺、大安,下车吧!”

叶大顺、叶大安都从木箱里爬出,下了马车。

“这一路憋屈吧?”赵光祖问。

叶大顺振振神儿,说:“还行! 还行! 赵叔,多谢您啦! 要不是您,这会儿恐怕……”

“不多说了,快去解手吧!”赵光祖说。

不一会儿,四人都回到车旁。

“赵叔,快到哈密城了吧?”叶大安望着遥远的前方,问。

“傻小子,还远着呢!”赵光祖亲昵地笑道。他对叶家这对兄弟,有着一种自然的亲近感。

“上车!”马车夫喊道。

“大顺、大安,不用再钻木箱了!”赵光祖大声喊道。

“嘚儿,驾……”马车夫扬起长鞭,响亮地高喊一声。两匹大马一蹬蹄,撒欢儿跑了起来。

车上,叶大顺、叶大安一阵兴奋,仰着头,尽享迎面吹来的西北风!

赵光祖的马一声嘶叫。这叫声在旷野里是一种释放,听来叫人舒心!

19

再上马车后，叶大安再也无法平静下来。

这一路走来，将一个血气方刚的小伙子安置在马车上的木箱里，简直等于将一头小虎仔关进了樊篱。叶大安长这么大，哪里受过这等委屈？不过，他已十七岁了，已经懂得事理，为了活命，再大的委屈也得忍受。还好，现在终于离危险越来越远了。

叶大安坐在马车上，清风吹拂着他的头发，直往上扬。他脸上褪去恐慌的神色，代之是惬意安详。他转头四望，啊，被周边的景色吸引了！天地如此之大，世界如此壮丽美妙。白云在湛蓝的天空中浮动，大地在无尽地延伸。这一切，对于一直没出过远门的叶大安来说，真是开了眼界。朝北看去，在一望无际的地方，隐隐显现连绵起伏的山脉，天地衔接在一起。到底是天把山罩了起来，还是山竖立到天外，叶大安搞不明白。转头朝南看去，一马平川的黄色戈壁，或浅黄，或深黄，层次交融，绵延无边，看不到尽头，只觉得它和遥远的天际连接了起来，蓝黄明显。大概，那里就是天的尽头吧！

叶大顺背靠着货箱坐着。看到弟弟如此好奇、兴奋，他能理解。叶鹤亭曾带叶大顺去外地见过世面，那时的他也像叶大安这时一样。所以，此刻他显得很淡定。日头高悬，已到午后时分，他觉着肚中饥饿。算算，这一路已有大半天的工夫未进食了，大安一定也饿了。

叶大顺从一个货箱旁拿过自己的蓝色帆布袋，从里面拿出母亲为他们上路烙的饼。一股清香扑鼻而来，马车夫闻到了，也说："哎，该吃点东西了！"

他从自己的布袋里掏出了馒头。叶大顺急忙递过一块饼给马车夫。马车夫推让着，还是接过去吃了一口，连说："好吃！好吃！"

赵光祖骑在马上，也掏他的包。叶大顺急忙抽出饼来，对赵光祖说："赵叔，我这儿有饼，还软着呢！"

赵光祖倒也没客气，骑马挨到马车边，接过叶大顺递来的饼。他另一只手一甩，将一包食物扔到了马车上说："吃饼干！"

"我要吃饼干！"淘气的叶大安吞咽下口中的饼，接过了饼干袋。

他拿出一块饼干放进嘴里，边吃边说："好吃！还是饼干好吃！"

三个大人都笑了起来。赵光祖说："还是个孩子！"

"二哥，我要喝水！"叶大安说道。

叶大顺又从包里拿出铁皮水壶，那是上车前曹珮儿灌满水装进袋里的。叶大顺拧开壶盖儿，递向叶大安。

叶大安接过水壶，一仰头喝了起来。他猛喝下几口，这才觉得解渴。

"大安，这水可得省着点儿喝。"叶大顺提醒说，"上长路，最怕的是缺水！路途远，啥时歇脚没定数。而且，关外沿途是大戈壁，最缺的就是水！"

"往前再走个把小时就有一座村庄，到那里我们歇息就餐。今夜就在村庄住宿！"赵光祖说。

这时叶大顺发现，叶大安倚在自己身边已经睡着了。

20

叶大安一觉睡醒，睁开眼，惊愕地发现，整个晚上他竟然是在马车上过的夜。他看到二哥叶大顺睡在自己旁边。叶大安没看到赵光祖和马车夫，只看到被卸下车的马就近卧在旁边的一棵树旁，慵慵懒懒的样子。看来，它们也还在睡梦中。

早春的黎明，凛冽的寒风虽不见声势，却明显地让人感觉到它的威力。朦胧中,叶大安发现这里是一个小村庄。马车停靠的土路边,能看到零零落落的三四户人家。土坯房屋已显陈旧,墙皮斑驳无色。十几棵白杨树排成一溜儿,由村外延伸到村内,树枝光秃秃的。这时,响起几声狗叫,公鸡开始打鸣。

叶大安再也躺不住了。他挪动身体,下了马车。

突然,一只雪白的兔子从他眼前窜过!

叶大安兴奋极了。兔子,这里有兔子! 他撒腿追去。

叶大安身高腿长,兔子跑得快,他也跑得快。有两次他追上了兔子,眼见能逮住它了,但那小家伙机灵一闪,便从他的指尖下溜走了。

兔子终于没跑过大长腿的叶大安。在一墩大白刺旁,它停下来,乖乖地趴在那里,两只红色的眼睛看着直扑过来的另类。

叶大安脱下上衣,将大白兔裹在里面。

大白兔吓坏了,束手就擒。

叶大安并不想加害它,只是喜欢它,想逗它玩儿。他索性就势坐下来,把它抱在怀里,摸它的绒毛。他又弯下脑袋,将自己的脸颊贴在大白兔身上。呀,软绵绵的,真舒服!

他真开心。可他没想到,一场灾祸正在急速袭来!

21

叶大顺被一阵奇怪的声音惊醒了。他一睁眼,只见天昏地暗、尘沙飞扬。啊,风暴来了。他知道这是大西北在这个季节里最恶劣的一种天气状况。他急忙爬起来,朝车里看去,却不见叶大安!

叶大顺赶紧下车张望。

“大安! 大安!”叶大顺扯开嗓子喊起来。

狂风卷着黄沙霎时呼啸而来,三四米之外一片昏暗,一切都被黄沙淹没了！但是，小弟去哪儿了？他怎么一点儿回音也没有？

叶大顺急了，他知道，呼啸的狂风会像一个狂兽，它目空一切，连天地都会挑战！站在那里几次都差点儿被狂风吹倒，他赶紧抓住马车车板，站稳身子。他想，自己站在原地等会儿，也许小弟就会回来了。

在这人生地不熟的荒野戈壁，大安从未置身在这种环境之中，没有一点儿经验。如果被风裹挟着顺势前行，那就糟了！他会离村子越来越远！

突然，隐隐看到有人逆风而来，叶大顺一阵高兴，大声喊道："大安，你回来啦？"

可来人不是叶大安，是马车夫！

"这么大的风，你们还好吗？"马车夫背了身，对着叶大顺耳朵大声问。

"我小弟不见了！"叶大顺大声告诉他。

"啥？大安不见了？"马车夫惊恐地问。他本来是从村里的小旅店出来给叶家兄弟俩传话的。赵光祖说，天气太坏，不能上路，等风停了再走。赵光祖要兄弟俩先去小店歇息。谁知，却出了这档子事儿！

叶大顺寻弟心切，独自向前走去。马车夫追上来，问："大安走了多久啦？"

"这……我也不知道。"叶大顺说，"我让风吹醒，一看，大安不见了！"

"啊，那他一定是先下了车，后来刮风了！他应该没走远，你别急。这样，我们分头找，你去那边，我到这边！"马车夫说。

二人正要走，赵光祖也来了。听这情况，他觉得事态严重，赶紧催促他俩去找。他自己等在马车旁。

22

此时的叶大安被大风裹挟着越走越远了。

都怪那只兔子！他抱着大白兔起身，只见东边天际涌起强大的阴影。阴影很重，却听不到声音。犹豫之时，阴影很快逼近。啊，风暴！戈壁风暴！他撒腿就跑。眨眼工夫，他已被大风暴裹挟。他身不由己，随风直往前走！

就这样，叶大安已完全不能掌控自己的身体和意志，任由风支使着往前走。他终于筋疲力尽。当他最终被白刺墩挡住双脚时，便一头栽倒在地，再也无力爬起来。他头脑发昏，迷迷糊糊。疲劳、饥渴、惊悚一齐袭来。天啊，这是在哪里？他想起了叶大顺，便扯开嗓门喊起来："二哥！二哥！"

但是，听不见二哥回答。

叶大安绝望了，号啕大哭起来："二哥你在哪儿呀？快来帮帮我吧！"

大风淹没了他的声音。

23

叶大顺与马车夫分手之后，跌跌撞撞，走走停停，连喊带叫，整个上午不敢怠懈。他心中如沉石，开始还怀着希望，但越来越绝望。时间在分分秒秒地过去，他知道自己离那小村庄很远了。这会儿，他筋疲力尽，一下子瘫坐在沙滩上，两只眼睛失神地凝望着四野，心中祈祷："辽阔的黄天，苍茫的大地，你们告诉我，我的小弟在哪里？求你们保佑，不要让风沙掩埋了他，不能叫野狼吃了他！"

"当时,你在干吗呀?你不是答应了母亲一定会关照好弟弟吗?可自己竟然睡得那么沉,连他下了马车都不知道。你怎么向母亲交代啊?"

叶大顺在心中谴责自己,用拳头捶打着胸口。

他快崩溃了!

远远地,来路出现两个人。叶大顺看出是马车夫和赵光祖。

马车夫和赵光祖看到叶大顺,整个儿人完全变了样,蓬头垢面,一蹶不振,让赵光祖心中一阵刺痛。当初,叶家嫂子上门求他的时候,他心里是犹豫的。这可是捎人啊!但他们是叶鹤亭的后代,他在心中权衡之后,才答应了曹珮儿。不答应吧,他们充军无疑。答应吧,自己得担责任。果然出事儿了!

"唉,怪我!昨晚我叫你们进村住店,你看大安在车上睡得正熟,就留下来陪他。那会儿,如果我们将他叫醒了去村中小店,也不会发生这种事了!"

"赵叔,怪我!"叶大顺说。

头天晚上,赵光祖确实喊他们进村住店的,被叶大顺回绝了。他回绝的原因:一方面因为大安在马车里睡得正熟;另一方面,也是为了省钱。此次离家,他们身上带的盘缠不多,饭钱都不足,他不敢随意花钱。他想,天已转暖,在马车上过一夜也是可以的,便躺在大安身边也睡了过去。谁知省了几个盘缠,却丢失了大安,他后悔不已!

叶大顺知道,赵光祖的这批运往哈密去的货,对方催得很紧,耽误不得。他决定,找不见大安就不离开这儿!他把这想法说了出来。

"你行吗?"赵光祖问。

"我想,大安就在这一片,或许明天就会回来的……"

"那也好。"赵光祖一边思忖着,一边说,"大安或许还在这一带。大顺,这样吧,我们赶马车走这条大路,一路上留心看有没有大安的踪影。

你看,往南两公里的地方,也有一条驼路,也直通哈密进新疆。有不少商家喜走驼路。你可顺着那条驼路去寻。说不定大安能遇上好心人呢!”

叶大顺听着,连连点头。他从赵光祖那里得知,南边那条驼路隔几十里地有古时沿用至今的驿站,偶尔也会遇到村庄。他的内心燃起了希望。

很快,赵光祖写好一张纸条递向叶大顺:“拿着这个!这上面有我在哈密的住址,你用得着它!”

叶大顺接过纸条看了看,装进衣袋里。

马车夫站在跟前,说:“叶大哥,去马车上拿你东西吧!”

三个人一齐朝公路边的马车走去。

马车顺着大路朝西走了。叶大顺站着看了许久。

之后,他背起行李回到小村子。也许,大安会回来。

24

早饭后,叶大和去了德胜西街商行。这两天,官衙挨门逐户地查人头已查过了德胜街,叶大和瞅着空儿出了门。叶氏商行关乎全家人的生计,他怎能不着急?这个年月,乡下人靠着几亩薄地养家,城里人只能靠做点儿小生意或打个零工赚点小钱。只要手头上不断了买米买面的钱,日子总能过下去。

叶家大院里,尚秀帘在厨房里收拾锅碗瓢盆,刘子珍拿扫把打扫院里卫生,叶大平挎起篮子准备出门买菜。尽管时局不稳,但人活着总要吃饭的。

曹珮儿一直在院里坐着。她突然像想起了什么似地站起身,对准备出门的闺女喊道:“大平,先莫着急走。你去后院,帮我把小库房的门锁开了！”

叶大平怔住了，转身问道：“你开那小库房门做甚？”

“走！我随你同去。你开了库房门，帮我把那台织布机搬出来。给，这是钥匙！”

“搬织布机？”叶大平奇怪地问，接过钥匙。

“是。莫多问，我自有用处！”曹珮儿推搡着叶大平，二人一起走到后院。

在后院的最东角，果然有一间小土坯屋。这小土坯屋盖起的时间比前院东西厢房要早。那时，曹珮儿刚嫁入叶家，是叶鹤亭差人修建的，为的是放置家中的一些陶陶罐罐之类的杂物。曹珮儿从小生长在一个虽不富足但还算殷实的人家。她在娘家学会了女红和厨艺。嫁到叶家的前三年，日子过得挺滋润。可是商场如战场，叶家的生意后来遇到了大波折，一下子败落下来。好强且心善的曹珮儿没有抱怨，反而主动地替夫排忧解难。她从娘家搬来了织布机，在和叶鹤亭共同努力下渡过了难关。叶鹤亭的生意渐渐有起色后，坚决不要妻子再那么辛苦地织布挣钱，执意把织布机搬到后院的小库房里锁了起来。一眨眼，已好多年了。

叶大平开了小库房的门锁。织布机放在小库房的一角，上面盖着一块蓝色的布，落满了灰尘。叶大平轻轻掀开布，织布机露了出来。它主要由木板、木条构成，有铁制的支架，有摇手、绞线。叶大平看着感到稀奇。

曹珮儿走进去，接过叶大平手中的蓝布催促道：“快，把它搬出去！”

叶大平叫来刘子珍一块儿搬。织布机被抬到前院，放在院中央。

尚秀帘也走过来，一边看着一边好奇地说：“妈，您不简单呐，还会织布啊？”

“可不！”

曹珮儿有点儿骄傲地答道。她狠狠地抖落了手中那块蓝布上的灰尘,往前一伸,说:“看,这就是妈当年的手艺!”

刘子珍接了过去,看到布上的经纬线虽然有点儿粗,却很匀称。整块布料结实细密,着色也很匀称,不由地赞叹道:“哇,妈,您这手艺真行!”

织布传到尚秀帘手中,她也啧啧称赞。

“秀帘,你知道我咋想起了这织布机吗? 是你怀孕了! 我快要当奶奶了,总得为孙娃子做做准备,是不是?”

尚秀帘好感动,说:“妈,让您费心了!”

“我不费心! 奶奶疼孙子,天经地义。往后,我还要管大顺和子珍的孩子,还要管……”

曹珮儿已完全进入到当奶奶的角色中,没注意到刘子珍已背过身去,用手擦眼睛。

“妈,看你说的!”叶大平责怪母亲。

曹珮儿忽然意识到自己说漏了嘴,赶紧对二儿媳说:“子珍,别怪妈! 是我一时糊涂!”

刘子珍转过身,极力淡然地说:“妈,不怪您! 做母亲的都这样!”

曹珮儿走过去坐在椅子上,突然长叹一声,说:“哎,也不知大顺、大安怎么样了?”

25

看着赵光祖和他的马车夫赶着马车一路朝西走去,消失在远处,叶大顺慢慢走进这个小村子。

这时,叶大顺才有机会看清这个突然出现在荒野戈壁上的小村庄的真实模样。

“枯藤老树昏鸦,小桥流水人家,古道西风瘦马。夕阳西下,断肠人在天涯。”元代著名作家马致远的这首《天净沙·秋思》，仿佛几百年的前专为此地的景物写的。

从远处看，最先看到的是在平地上矗立着的一行排列不规则的白杨树。早春季节，隐隐能看到树枝上蕴含着的绿意。是它们给这一色黄的土地带来了生命的迹象。走近时，看到沿着白杨树的边缘是一条水渠。这使叶大顺感到欣喜，他终于见到水了！渠水潺潺，清可见底。水渠底和两边已长出嫩绿的水藻。随着流水的波动，水藻也晃动着。渠水是从村子的南边流过来的。叶大顺不知道它从哪里来，又到哪里去。傍水而居，这是人类生存的规律。因而，在这大漠戈壁偶然生出的渠沟旁，便也有了人家。

叶大顺放下手里的包裹，解下背上的蓝布袋，走近水渠，双手撩水洒在自己脸颊上。水有点儿冰凉，但他很惬意。他能想到自己现在的模样——一个儒雅之士已变成了流浪汉的模样。

他饿了。他从兜里掏出三天前母亲为他们烙的饼，又拿出铁皮水壶灌满沟渠里的水，坐在一个树墩上，大口大口地吃起来。

太阳西斜，暮色要降临了。他必须找一个过夜的地方。于是，他背上挎包，提起包裹，迈步朝村里走去。

村子很小，零零散散能看到几间土坯房。在西头的两间房前，叶大顺停下脚步，房后有一个麦秆垛。他困极了，想在麦秆垛里喘口气，再去找弟弟。

他放下东西，在麦秆垛里掏出一个窝，躺下来。

26

“快来人啊！这里有贼！”

叶大顺眯着眼刚睡着，忽然听到有人大声喊叫起来。

他急忙坐起身，发现离草垛十来步的地方，站着一个四十来岁的女人。她满脸惊恐，身子往后挪动着。叶大顺知道是自己吓着了她，起身从草垛里走出来。

“你，你是什么人？”女人大声责问，仍在向后退着。

叶大顺站在草垛外，一边拍打着衣服上的麦草屑儿，一边说：“婶子，你不用害怕。我不是坏人，只是遇到了事，被耽搁在了这儿。”

这时，从村里急匆匆走来一个中年男人，大声问：“出啥事儿了，桃妹？”

不待桃妹回答，男人已走了过来。他皮肤黝黑，四方形的大脸，体格不胖但显魁梧。他一把将唤作桃妹的女人拽在自己身后，虎视眈眈地望向叶大顺。

叶大顺往前走了两步，语气平和地说：“这位大哥，你们别怕！我是过路逃难的，路经这儿出了事儿。我想在这麦垛里过一夜！”

那男人听叶大顺说着话，一边暗暗打量着他，脸色温和了下来。

“听你口音，你是甘州人？”他问。

“是的。”叶大顺回答。

男人突然笑了起来，朗声说道：“哦，甘州、凉州，离的不是太远！这么说，我们还是老乡哩！”

看对方态度大变，叶大顺放心了。他忙说：“是啊，大哥，我遇上老乡了！”

男人脸色又沉郁下来，问：“兄弟，那你怎么独自跑到这河西走廊，难道你要西出阳关走西口？”

“正是！”

叶大顺看出眼前这个凉州大哥心眼儿不坏，就想把自己和小弟的事儿讲出来。或许，还能得到他的帮助呢！

于是，叶大顺从头至尾把事情的经过说了一遍。

讲的人悲情，听的人认真。从村里出来两个十五六岁的男孩，也围拢过来听。

“这么说，你小弟还没找到?”凉州大哥急问。

“是啊……”

叶大顺回答一声，突然蹲在地上，手遮住了脸颊，有点儿情绪失控。

“哎，那咱快去帮着找！”凉州大哥转身大声说：“趁着天还没黑，快去找人！那伢子说不准就还在咱上马村一带呢！”

两个男孩转身要走，又被凉州大哥叫住说：“无战、无争，你俩分头去找吧！无战去大疙瘩那达儿，无争你去石洼坡那达儿。记住，如果找到了人，吼三声算给我们的回音！”

“好！”两个半大小伙子分头飞快地跑了。

“耿柱哥，咱俩也去找吧！”桃妹对凉州哥说。

“不！桃妹，你快回屋去做碗热汤面。你瞧，这位甘州兄弟怕是很久都没吃饭了！”

“对，对！我回屋去做饭！”桃妹转身进了村子。

叶大顺感动得要流泪。相逢何必曾相识。叶大顺突然觉得，逃难的路上并不全是凄风苦雨，也有暖阳温馨！

27

看着俩儿子走远了，耿柱在叶大顺对面坐下来。为了舒解这位甘州兄弟的郁闷心情，他讲起了自己与这个小村落的故事。

十几年前，耿柱和桃妹都生活在凉州西郊一个叫六道湾的乡村。耿柱家与桃妹家很近，两人自小青梅竹马。连两家的大人们都认为，等到他们长到十八岁，就为他俩完婚。

谁知半路杀出个程咬金。就在桃妹十八岁那年，她去逛凉州城，偏偏碰上恶少朱金泰！朱金泰出身官宦之家，从小游手好闲，不务正业。长大后，喜交三教九流，善做沾花惹草之事，是凉州城里出了名的恶棍。桃妹正在市场上挑选围巾，谁知朱金泰及其同伙也进了市场，走到桃妹的身边想调戏她。桃妹吓得扔了手中的围巾慌忙走出市场。这恶棍却差人跟到六道湾，记下了桃妹家的位置。第二天，朱金泰骑着大马带人来到桃妹家，扔下聘礼钱对桃妹的爹妈说："三天后来娶亲！"

祸从天降。胳膊扭不过大腿，最终，耿柱和桃妹只能私奔。

他们一路朝西，或徒步，或搭坐马车。来到这个小村庄，看到有水有树便不想再走了。就这样，他们住了下来，俩儿子也渐渐长大。

耿柱和桃妹的爱情故事勾起了叶大顺心中的另一缕愁思。他想起了刘子珍。

耿柱和叶大顺坐在村外，一直没听到耿无战、耿无争传报喜讯的吼声，却看到他们失望地回村了。

叶大顺吃过桃妹的热汤面后，被安排住在他家的土坯房里。这土坯房一直作为客栈使用。东去西来的商贾不间断地在这绵长的丝绸之路上流动，小小的村落也成了他们短暂的落脚歇息的地方。耿柱一家人住在早期修筑的另一套旧房里。

这晚，耿柱在客房里和叶大顺聊到了很晚。当听叶大顺准备第二天天一亮便启程去南路继续寻找弟弟的时候，好心的耿柱告诉了叶大顺一些走南路的情况，祝他一路顺畅。

28

叶大安从昏迷中清醒过来，此时风已经停了。

他睁开眼睛，不知道自己在什么地方。仅仅大半天工夫，他觉得自己是从久远的过去走来，又茫然得不知自己要到何处去。土沙掩埋了他大半个身子，身体因磕绊而栽倒在芨芨草墩下。幸亏这墩芨芨草，要不然他可能整个儿被土沙掩埋了。

他发现自己还活着，心中涌起强烈的求生欲。他动动身躯，身体的上半截先露出来。继续抖动，腿和脚也露出来。他用双手擦拭面颊，之后，把耳朵、眼睛、嘴巴里的沙土清出来。他深深地呼出一口气，睁大眼睛看天空，发现大风过后的天空格外地蓝。天上不见云彩，只有纯净的高远、湛蓝。他扭动脖颈儿，侧头望去，只见天边的太阳又大又圆。太阳发出橙黄的颜色，把西边的天和地都涂上了一层橙色。此时，橙色加深了，天地相接之处红得耀眼。

叶大安静静地躺在那儿观望，似乎忘记了凶险莫测的处境。

太阳坠落下去，叶大安从沙土地上爬起来。

被风控制，他早已耗尽体能。他挣扎着迈出一步，但双腿打颤，栽倒在地。

他无力再爬起来，绝望地睁着眼睛。他突然看到芨芨草墩旁边长着一棵正在发芽的骆驼刺，它是那么绿那么水灵！叶大安使劲儿爬到骆驼刺旁，伸手将骆驼刺枝上的嫩芽儿捋到手中。他张开嘴，将那嫩绿的小芽填入口中。他慢慢地嚼着，口中有了汁液。味道苦涩，可他完全不顾这些，将它们吞咽下去。他又捋着、嚼着、咽着……

终于，他停止了吞食。他舒服了，暂且不再那么饥渴。他有了点儿力气。他从沙地上爬起来，要离开这儿。

可是，他去哪里？在这荒无人烟的地方，往哪里走才有活路啊？他茫然。但他明白，他必须离开这里。再待下去，只有死路一条！

看着太阳落下的地方，那里还有一抹红色，那是西边！他忽然想道，从老家逃出来，不就是西出阳关去新疆吗？朝着太阳落下的地方走，那里就是新疆！他有了信心，终于迈开了脚步。

大漠戈壁，天说黑就黑了。此时，夜色降临，暮色笼罩四方。叶大安机械地走着，心想，就这么走吧，总会走到太阳落下去的地方。

叶大安突然听到一种奇怪的声音！他朝北望去，远远地仿佛有两颗星星在闪动，并且在向这边移动！

不好，有狼！

叶大安的脑袋一下子仿佛要炸开了！

狼的叫声凄厉、悠长、怪异，带着长长的拖腔，在这暮色初降的茫茫戈壁上回荡。叶大安顿觉毛骨悚然。再看去，那幽蓝色的光亮离自己只有十几米了！狼嗅到了人的气息。

危险近在眼前！叶大安产生了一种强烈的求生欲望，本能地拔腿就跑。再回头，发现狼正盯着自己！他跑着，狼也用同样的速度跟着。叶大安越来越恐惧。在这叫天天不应、叫地地不灵的地方，他刚经历了与风魔的生死较量，这会儿凶残的恶狼又步步逼近，死亡又一次向他袭来。

突然，叶大安看到前面有一座碉堡，他迅速地向碉堡跑去。

实际上，这是古驿站上的烽火台。多少年来，往来于丝绸之路上的商贾们在这里歇息。而烽火台则是为了传递信息。在烽火台上点燃柴禾，黑夜里也可告诉远方——这里有人！

叶大安想上烽火台。可一回头，恶狼已近在眼前！他看到狼的模样有点儿像犬，但耳立腮尖，眼发蓝光。他往烽火台那边挪着，突然脚下踩着了一个尖硬的物件。他低头看到这是一个破损的搪瓷缸。他赶紧把搪瓷缸抓在手里，又拣起一块石头。

恶狼大吼一声，扑过来。叶大安赶紧进入烽火台里，掀起脚下的门板，将入口堵起来。

恶狼被堵在外面，仰头直叫。叶大安用石头将门板堵结实，长舒一口气。

不知过了多久，狼的叫声小了。叶大安从缝隙中看到，恶狼正对着入口，趴卧在那里。

叶大安手拿搪瓷缸和石头，顺台阶向烽火台高处走去。

烽火台最高处，四面是围墙，墙上有瞭望孔。叶大安从瞭望孔望去，目之所及黑乎乎一片。此刻，夜幕笼罩了大地。

看来，恶狼盯上了自己，不得手是不会罢休的。

时间一分一秒地过去。

突然，叶大安恍恍惚惚中听到驼铃声。再仔细听，没错，是驼铃声！叶大安急忙靠近瞭望孔，不远处似乎有一队人走来，还能听到有人说话的声音。

天助我也！叶大安一手拿搪瓷缸，一手拿石头，使劲儿敲击起来！他要让来人知道：这里有人！

29

总算过了几天平静的日子。数人头抓壮丁的风波已经过去，甘州城里的人心境总算平静下来，急急忙忙躲进南山的任玉花一家也偷偷地回到城里。生活像一潭池水，起起伏伏，涨涨落落，但也有平静的时候。

跌宕起伏的生活状态，让曹珮儿一家人提高了适应生活的能力。他们悟出危机来临时，首要的是保命，甭想赚钱谋财、发家致富。一旦危机过去，抓紧时机打拼，哪怕薪酬微薄也不放过。

这几天，每天早饭后，叶大和去叶氏商行，叶大平去帮一富户洗被子衣裳，刘子珍也帮一官职人家看管孩子，每人都找了活儿在干。大白天，叶家院子里只剩下曹珮儿和尚秀帘婆媳俩。

尚秀帘挺着大肚子，也没闲着。家人们走后，她洗洗擦擦，脚步也没停下来。这会儿，她从厨房走出来，朝堂屋走去。每天这个时候，婆婆会在堂屋里擦拭供桌上的观世音像。

尚秀帘进去时，见婆婆已坐在织布机旁，身边的小箩筐里放着几轴白色的棉线。这些日子，尚秀帘从婆婆的操作中知道了织布料的工序。大体是先将棉花或羊绒纺织成线，再在织布机上安置好经纬线织成布料，第三步是上色。看着婆婆干这些时，尚秀帘既佩服又羡慕。这时她见婆婆眼光正在机子上，便没吭声，默默地看着。后来，她看到箩筐里有一块白色织布，就拿在手中看，嘴里发出“啧啧”的赞叹声。

“秀帘，这块织布等到你生下了再上色！”曹珮儿眼光未离开织布机，嘴里说。

“那是为啥哩?”尚秀帘问。

“若生个男娃，上蓝色；若生个女娃，上红色。这会儿，娃还在你肚子里，上色早了！”曹珮儿说。

“妈，您心真强！”尚秀帘很感动。

“妈心里高兴呀！”曹珮儿说，“不管是男娃女娃，总归是叶家的后人。只可惜他(她)爷爷没见上哦！”

曹珮儿说着，又伤感起往事。

尚秀帘心疼婆婆。公公去世后，婆婆支撑着这个家，已属不易。可偏偏福无双至，祸不单行。大顺、大安被迫远走他乡，音讯全无。她知道婆婆心中有多苦。这会儿，她想跳过话题，于是问：“妈，您中午想吃啥饭？我去做！”

“咳，大和、大平、子珍回来都到天黑了。中午就咱俩，你就看着做吧！”曹珮儿说。

“妈，那我去做浆水面吧！”尚秀帘说。

天气渐渐变暖。在东街拐角那片林子里，每到春天都会长出各种野菜。叶大和天天回家路过时，都会采一包带回家。

“好，那就做浆水面。”曹珮儿答道。她忽然又叮咛一句：“别忘了多调点儿醋!”

俗有“酸儿辣女”一说。曹珮儿心中还是盼望尚秀帘生个男孩儿。

“好的,我去和面!”尚秀帘出堂屋,进了厨房。

这时,刘子珍突然回来了。平常,她每天太阳落山后才能回家,这会儿回来,令曹珮儿感到意外。她停下手中的活儿,起身从堂屋走过来。刘子珍正和尚秀帘说着什么。

曹珮儿好像听她们在说什么马家军来甘州了,这两天闹得人心惶惶。说城南一家人的女孩儿,让匪兵轮奸后跳河了。所以,不少有女孩儿的人家又将女孩儿往乡下送。刘子珍说,她当保姆的那家主人已经将夫人、孩子送到乡下去了。

叶大平也提前回家,和刘子珍说着一样的话。

曹珮儿听着,心中又像灌了铅似的。

叶大平似乎有了主意,说:“妈,咱一家都去南山吧! 您看,大嫂这样,万一有啥事也跑不及。我和二嫂在家待着也不好找活儿做了,索性我们都去南山崔家姨妈家,帮他们种地去!”

“这……”曹珮儿沉吟着,觉得这也是一个可行的办法。她说:“等你大哥回来后,商量决定吧!”

30

第二天,叶家大院前来了一辆马车。这是叶大和从马车店雇来的,要送叶家人到南山。

尚秀帘已候在马车旁,她拿的东西比较多。刘子珍和叶大平进进出出地帮她拿包裹。之后,刘子珍、叶大平将自己的包裹也放在车上。

“咦,妈呢?”叶大和诧异地问。

正说着,曹珮儿从院里走来。她双手拎着一个蓝色大包裹,对叶大和说:“这都是宝宝的。包单、被褥、小衣小袄……到时候用得着!”

叶大和接过来,放在车上,疑惑地问:“妈,您的衣物呢?”

“我不去!”曹珮儿说,“这个家不能扔了,穷家破业也是咱的根基。我守着它,你们快走吧!”

“妈,这绝对不行!我们不能把您丢下,我们不放心!”叶大和用不容置疑的口气说。

正准备上马车的尚秀帘也停了下来。刘子珍愣愣地站在那儿。

曹珮儿说:“这有啥不放心?我一个老太婆,就是匪兵闯进了门,能把我咋的?你快带秀帘、子珍、大平走吧!只要她们平安无事,尤其是秀帘能生个大胖孙子回来,妈就放心了!”

叶大和了解母亲的脾性,一旦她做了决定的事儿,很难让她改变。

“妈,您要不走,我也不去了!我陪您!”

叶大平说着,走过来挽起母亲的臂膀。

“傻妮子,妈不许你们冒这么大的风险!你看,咱家里有你,还有两个嫂子,都是招人眼目的女子。万一遇到淫鬼歹徒,那可是毁了一辈子名声的事儿!快走,惹不起了躲得起!躲过了这段日子,你们不就回来了吗?妈在老屋等着你们!”

几个人都无语了。

“叶先生,该起程了!再耽搁下去,天黑到不了南山!”马车夫催促道。

“上车!”叶大和狠下决心说。

尚秀帘、刘子珍、叶大平都上了车。

“妈,您可要多保重!”四个人几乎同时说。

马车夫扬鞭一挥,马车往前而去。

曹珮儿站在门前目送着他们。

31

马车大清早从甘州城出来后，此时已到下午时分。

南山距离甘州城约百里路程。一路上，马车夫不停扬鞭，催马快行。他怕到天黑时赶不到南山。

道路坑坑洼洼，马车行进得更慢了。不巧的是，尚秀帘忽然说肚子疼。刘子珍、叶大平以为她早上吃东西吃坏了肚子。坐在车前的叶大和有点儿预感，猜测妻子情况有点儿不妙。马车夫看出车里的这个媳妇儿要生产了，连忙说快到了，快到了。

终于，马车来到南山口。

一进山口，便能看到零零散散排开的人家。叶大和十几岁时曾随母来过这里的亲戚家。亲戚姓崔，老两口无儿无女，住在山北坡一棵大榆树下。凭着小时候的记忆，在叶大和的指点下，马车终于到了大榆树下。那儿有一院显眼的白色房屋。

马车夫跳下车吆喝着倒车、拴马。叶大和赶紧到大院门前，敲门。

门扇被拉开，一位面目慈善的老人家探出头来。

“崔家姨夫！”叶大和凑近了唤道。

“你是？”崔家姨夫茫然地望着他。

“崔家姨夫，我是叶大和呀！十来年前，我和我妈曹珮儿来过您这儿呢！”叶大和说。

“哦，大和伢子，你长大啦！瞧，我都认不出你了！”崔家姨夫高兴得眼睛合成了缝儿，下巴上的胡须也在颤动。

“你妈呢？”他突然问。眼睛看着已经下了马车的尚秀帘、刘子珍、叶大平。

叶大和赶紧向尚秀帘等招手。她们走了过来。

叶大和这才把甘州城里兵匪叛乱、搅得全城百姓纷纷逃难的事情讲了一遍。本来,母亲是要同来的,临时改变主意留在城里看守家门。母亲捎话说,看在沾亲带故的分儿上,请崔家姨夫姨妈暂且收留他们一家人,有机会一定会补这分儿情!

崔家姨夫一听,赶紧说:“快进屋,快进屋,还站着做甚?”

叶大和、尚秀帘、刘子珍、叶大平一起进院。

从后院里走过来一个和曹珮儿年纪相仿的大脚女人,是崔家姨妈。相互一说,她和崔家姨夫一样高兴。

大家说着话,尚秀帘却实在撑不住了,直喊:“疼! 疼!”

崔家姨妈明白了是怎么回事,赶紧搀扶尚秀帘进东屋,又急急走出来说:“这可咋弄? 这山里没有郎中,有个接生婆住在村南头……”

叶大平紧上前一步,说:“崔家姨妈,接生婆住得多远? 我去请她!”

“倒是不远。只怕你找不到她家呢!”崔家姨妈说。

“我也去!”崔家姨夫说。

说着,他们走出了院门。

32

尚秀帘仍一阵阵地喊疼。刘子珍不敢离开,心里发急,但也帮不了什么。崔家姨妈走近,看尚秀帘的阵势,平静地安慰说:“生娃,哪有不疼的呢! 女人要当妈,就得过这一关! 忍忍吧,想想你妈当初咋生下你的,你这会儿就不喊疼了!”

尚秀帘用衣袖擦脸上的汗,阵疼好了点儿。

崔家姨妈转身问刘子珍:“这一路上,你们一直没吃饭吧?”

刘子珍说,他们在车上吃了饼。

“那我去打个荷包蛋! 生娃儿可得使大力,饿着肚子怎么生得出来?”

一会儿工夫,崔家姨妈手里端着一碗冒着热气的荷包蛋。她靠拢尚秀帘说:“来,把荷包蛋吃了,你就有劲儿生娃儿了!”

尚秀帘吃了荷包蛋,眼圈儿发着红说:“崔家姨妈,您这大恩叫秀帘日后可怎么回报?”

“快别说这话了! 人活这世上,谁能不遇上难事? 能帮人一把就帮一把,这叫行善积德!”

接生婆董婶和叶大平进到院里。她是个明眼人,看到叶大和在产房门前踱步,便大声说:“你是她男人吧? 快走开! 大男人守在跟前,小娃儿怎敢出来? 这是老讲究!”

董婶走近尚秀帘,一把掀开盖着的被单。她又紧靠尚秀帘,抓住裤腰带,顺腿把裤子拽了下来。尚秀帘有点儿害羞,本能地伸手去挡。

“羞甚? 女人生娃,功劳最大! 这是咱女人的光荣!”接生婆董婶是个心直口快的人,手动着,嘴也动着。

阵痛又袭来。尚秀帘双手抓紧火炕边的毡片,声嘶力竭地喊起来。

“快,端盆水、拿条毛巾来!”董婶扭头喊道。

叶大平赶紧端来水,拿来毛巾。她不忍再看女人生孩子时痛苦又悲壮的场景,退去门外。

董婶拧湿毛巾,在尚秀帘肚皮上及下身处拭擦。尚秀帘尖叫的频率越来越快,手指抠着火炕边,指缝渗出血来。

“用劲儿! 再用点劲儿!”接生婆说,“快,看见了,看见头顶了,黑黑的头发! 再用劲儿,快生出来了!”

接生婆像战场上的指挥官,眼睛观察战局,嘴里发出号令,为产妇助威呐喊。

“啊,出来了!”

接生婆欣喜地喊着,双手接住了一个湿漉漉的小生命。她慢慢转身，小心翼翼地将新生儿放在火炕上的一条白布单上，转身朝外面喊道：“是个带把儿的！”

33

这是一个由十几只骆驼组成的骆驼队，有五个人管理着这些骆驼和货物。队长姓邱，是个个头儿高、身架宽厚、长着一张四方脸盘的山西人。他性格豪放乐观，常常能听到他说说笑笑的声音。他还喜欢扯开嗓门唱歌，豪放的歌声不仅为浩渺无际的戈壁增添了活力，也给同伴们壮了胆，使他们不那么惆怅和寂寞。就连蔫头奄脑的骆驼，在听到他的歌声后也会猛然高昂起头来，眼光灼灼地四下张望。

天亮了。昨晚他们赶到烽火台，赶走一匹狼后就歇息了下来。这会儿，他起来先吼了几嗓子，同伴们都爬了起来。他们各自拿出褡裢里的水冲冲手，拿出干粮吃起来。

叶大安缩在驿站的旮旯里。昨天晚上幸亏这支驼队到来，恶狼被吓跑，他才从烽火台上下来。看着这帮五大三粗的大汉，他觉得陌生，不说一句话。直到他们横七竖八地睡了，他才在这角落里躺下来。

这会儿，他微闭着眼睛，知道他们在吃着，喝着。他突然觉得又馋又饿。可是，自己吃什么呢？他什么也没有，只能暗暗咽下口水。

“咦，这小子咋还睡着？”

“嗨，小子，该起啦！”邱队长说道，“咦，天作被地当床，这小子睡得不想起啦！”

叶大安坐起来，揉着眼睛。

另一个人凑过来，说：“哎，你小子睡醒啦！快给我们讲讲，昨儿个你咋跟恶狼在戈壁滩上游荡的呢！算你小子命大，要不是我们几个爷们赶来，你准给恶狼吃了呢！”

叶大安心中又一阵惊悚。他不愿回想,更不愿讲述那可怕的一幕。

“你叫什么名字?”邱队长问。

叶大安仍不作声。

“怕是让狼吓傻了!”又有人说。

“喂,小子,快起来吃点儿吧!”邱队长换了一种声调说,并撕下自己手中的半块饼,递向叶大安。

叶大安站起,接过半块饼,大口大口地吃起来。那四个人也转向叶大安。

“这小子饿坏了!”一个人说。

“你喝水不?”另一个人问。

叶大安不吭声,只是眼巴巴地望着那人手中的水壶。

“喝水!”那人递过水壶。

叶大安接过来,仰头对着壶嘴就喝。喝足了,他把水壶递过去,仍不说话。

“这小子是个哑巴!”站在最后的那个长着尖腮下巴的人说。

邱队长凑过来,问:“小子,我们这就要走了,西出阳关!你要待着呢,还是跟我们去?”

叶大安认真听着,仍不回答,只是用力点着头。

“好,都听着,点点货物,装好褡裢,上好马鞍。准备上骆驼,上路咧!”邱队长大声说。

很快,大家做好了这一切,骑上骆驼出发。那个给叶大安喝水的人走在最前面,在他后面跟着四只骆驼。中间又插一个骑在骆驼上的人,在他身后也跟着几只骆驼,邱队长走在最后。

“喂,小子,上骆驼,坐我身后!”邱队长对发愣的叶大安说。在他的拽动下,叶大安坐到骆驼上。

旷野上又响起了驼铃声。

哥哥你走西口，
小妹妹我实难留。
手牵着哥哥的手，
送你送到大路口
…………

突然，邱队长大声唱起来。

驼铃声、唱歌声传向远处，又从远处回过来，那么悠扬、凄婉又豪放……

34

叶大顺告别耿柱一家，离开上马村已有四五天了。他听从赵光祖的话，尽量走下路。下路每隔几十里路，就会有驿站或者人家，或许侥幸能碰到小弟叶大安。

此刻，叶大顺搭乘一辆马车来到了嘉峪关。

嘉峪关不是很大。抬眼望去，独独的一条街尽在眼底。从东朝西望去，路南边除了一个宽敞的露天歇马店外，整个街道两边是低矮的土坯房屋。走着，看着，叶大顺来到门楣上挂着“西域春面馆”的房前。面馆门前有四根柱子撑起的凉棚，上面平铺了一层白杨树枝条，冬能挡雪，夏能遮阳。叶大顺踌躇了片刻，一位二十五六岁的男子走了出来。他身穿白色短衫，系白色围裙，头戴白色无檐帽。看他细嫩的皮肤和肉乎乎的大圆脸，叶大顺就看出他是这家餐馆的厨师。

厨师扫了叶大顺一眼问：“想吃饭吧？”

“嗯。”叶大顺点头。

“坐那边！”厨师指着凉棚的一边说。

叶大顺看一眼，走了过去。

厨师返身进屋。

叶大顺将行李放在棚边的地上，朝远处看去。街面上，三三两两的行人走过。看得出，除了东来西去的客商外，这里的人不是很多。从老家一路走来，尽管跨过近千里的路程，但看到的景象很相似。从东向西，每走百十来里就会有一个小村庄。会有几棵白杨树，再有几间土坯房，还有一道不知从何处流下的涓涓细流穿村而过。不过，这嘉峪关比那些小村庄大了许多。

门帘一掀，一个年轻女子端一碗汤面从餐馆走了出来，将碗放桌上。她对叶大顺嫣然一笑说："这位客官，称你大哥还是叫你小弟呢？你这么专神在看啥呢？"

叶大顺回过头来朝她看去，这女子与刚才那位胖厨师年龄相仿，想必是两口子。她长着高颧骨，细条儿眼，眉毛稀疏，鼻梁倒还挺直。她的皮肤细嫩，脸腮上显现着红细的血丝。叶大顺低下头，不说什么，只顾吃饭。

这时，又有食客坐在凉棚下。那女人端饭，搭讪起来。

汤面的味道不错，是汤揪片。在老家时，叶大顺常吃母亲做的汤揪片。可此刻，这西域春面馆的汤揪片比母亲做的好吃多了！因为里面有肉，肉味儿新鲜而且冲。叶大顺不知道，这是新疆羊肉。新疆羊肉是很出名的。

叶大顺吃完饭，从包裹里掏出盘缠喊店家结账。胖厨师从厨房里出来，隔着桌子伸手接叶大顺递过来的纸币。

这时，一群人从大街上经过。叶大顺一扭头，忽然惊呆了。人群中，他竟然看到了叶大安！叶大安走在最后。

情急之中，叶大顺一推桌子，想赶紧追出去！可是，他一跨步，哗啦一声，桌子倒地，饭碗掉在地上摔得粉碎！

叶大顺顾不了这些，转身要往外跑！

大厨一把拽住了他，说："怎的，你撞倒了我的桌子，还想走人？你认得这碗吗？它可是景德镇瓷碗，你赔得起吗？"

叶大顺急着说："老板，店家，我不会跑。你看，我的包裹还在你这儿放着呢！"

胖厨师看了一眼，果然看到拐角处有包裹还有背包。可是，他说："谁知你那包里装的是啥，也许是麦秆，或许是稻草！你我素不相识，怎么信得过你？"

看店家如此不通融，叶大顺急得直跺脚："我要是骗你，我一会儿回来甘愿给你店里担水、劈柴，当牛做马。求你放开我，我刚才看到我的亲弟弟啦！这会儿……"

"弟弟……"胖厨师终于松开了手。

叶大顺撒腿往前跑去，一边跑一边喊："大安，大安……"

可是，那几个人不见了，更听不到大安的回音。

一支骆驼队出了镇口。

35

天还没亮，曹珮儿就下了床。

其实，整个晚上她都没怎么睡着。这些天，她心里总是沉甸甸的。吃饭，没胃口；睡觉，睡不着。

她晕晕乎乎地走出房子，上了一趟茅厕，被清风一吹，觉得舒服了一些。她在前院、后院遛了一圈，偌大的叶家院子寂静得让人难受。她放开嗓子，猛咳了几声，想给整个院子造些人气儿。

之后，她洗了脸净了手，进了堂屋。她在堂屋供桌前站定，给观世音上香。

香头的烟雾升腾着，弥漫在屋里。曹珮儿神色庄重地凝视着供台上的观音像。观音娘娘慈眉善目，像是在宽慰世人。

吃过早饭。曹珮儿收拾了碗筷，走出厨房。

她是个闲不住的人。她坐在院里的纺车旁，准备纺线。这些日子，她已用纺好的线织成了布，卷起来放在屋里的红木箱里，等着孙辈出生后做衣裤用。纺线可消磨时光，她会暂时忘了让她牵肠挂肚的儿女们。不安宁的世道，养儿怕被抓去当兵，养女怕遭恶人奸淫，都不省心啊！

突然，邻居任玉花推开门走了进来。

曹珮儿停下手中的活儿，端起个小板凳，让任玉花坐。

“曹姐姐，你知道不？德胜南街马老三家的闺女跳河了！”任玉花压低声音，神色惶惶地说。

她男人每天出去打零工，知道的事情多，她也就经常将知道的事情告诉曹珮儿。

“啊，那闺女也就十七八岁，咋就跳河了？”曹珮儿吃惊地问。

“那一天，马老三两口子有事儿去了亲戚家，只留闺女在家。谁知，有个坏痞子警察瞄准空儿钻进马老三家，就把那女娃儿糟蹋了！女娃儿觉得以后没脸见人，跑出去就跳河了！”

“啊！”曹珮儿惊得深吸一口气。

“曹姐姐，你把自家姑娘、媳妇打发去了南山，真对了！你看，一旦摊上这事儿，竟连命都搭上了！多可惜啊！”

“曹姐姐，你要有啥事儿说一声，可别客气。我家那口子要我常过来串串门，说您这大岁数了，一个人在家，邻里之间常来看看。”任玉花又说。

曹珮儿心中感动。她一直觉得任玉花那男人脾气倔，却没看出他心肠好。她说：“谢谢你家娃儿他爹，让他一天也别太辛苦了！”

“这世道，穷帮穷，富帮富！远亲不如近邻，曹姐姐，你若有事儿，可别自个儿扛着噢！我走了！”任玉花站起身。

她突然瞥见曹珮儿放在竹篮里的几卷织布，说：“曹姐姐，你天天织布，你家孙子哪穿得了？多余的布，还不如拿出去卖了换点钱！”

曹珮儿没想到任玉花这么为自己操心。再说，她手头紧巴巴的，再下去，怕连买小米的钱都不够了。她赶紧说：“玉花妹子，你说得对！这些布我一家人都穿，也穿不了！你就帮我拿去卖了吧！”

“好，我先回去跟我那口子说这事，等他找好下家，就来拿布！曹姐姐，这话说定了。我走了！”

任玉花走出院门。

36

在甘州南山山脚下的崔家大院里，这些天喜气洋洋。

甘州城德胜东街叶家的第三代人在这里降生了！宅主崔家姨夫和崔家姨妈一辈子无儿无女，到老了，竟然从自家宅院里响起了娃崽儿的哭叫声，这叫他俩好生喜欢。人生在世，增人添口，都认为这是喜庆的事儿。虽无血缘关系，崔家姨夫和姨妈将这孩子视为己出。每天，他们里里外外，跑进跑出，为这事儿忙碌着。他们在西侧房的门框上高高地挂了一块红绸布。这是山里人的讲究，昭示外人不得进入，月婆需要安静，每晚姨妈进西侧房照顾。叶大和和崔家姨夫睡一屋，刘子珍、叶大平在另一个房间。崔家姨妈看她俩都没经过这种事，害怕她们夜里睡得沉，一伸胳膊伤着了这个刚刚来到世上的粉团儿似的小生命。

每天清晨，崔家姨妈第一个下炕。洗漱过后，先准备产妇的早饭，再做其他人的饭。

从城里来南山时，叶大和想到了生活的细节问题。他知道这一来，不是一天两天，也不是十天半月。所以，他买了米、面。本想租住这里，自立锅灶，可一来就赶上了尚秀帘生产。就这么着，两家人变成了一家人，倒也喜庆热闹。

这会儿，刘子珍收拾院落，叶大平进了厨房。

看叶大平进来，崔家姨妈也没客气，将正在削皮的一个大土豆和刀递了过去说："大平，你把它削好切成丝，我来炒菜！"

崔家姨妈说完，端起饭去了西侧房尚秀帘那儿。

叶大平很快洗净土豆，放案板上切着。之后，她从厨房一角的柳条筐里拿出葱，剥皮后切好。崔家姨妈进来了。

"我来！"崔家姨妈从叶大平手里接过铲子，看着冒油烟的铁锅，把切好的土豆丝等倒入锅中。

叶大平蹲下身来，往灶膛里添柴。

崔家姨夫走到靠近大门的墙角，倒提着麻袋，倒出一堆光滑鲜亮的土豆。

崔家姨夫告诉叶大和，把又圆又大的土豆拣出来当种子，长出来的新土豆会更好。

说着话，崔家姨夫把土豆一切两半。

叶大和不明白为什么要把土豆切开。崔家姨夫笑着说："这呀，你这城里人就不懂了！土豆要切成块才能下地当种子。这两天正是种植季节。吃过饭后，你随我一起去西大坡的田里种土豆去！"

"太好了！"叶大和兴奋地说。

他虽然快三十岁了，年少时读书，长大后也见识了不少，可是，对庄稼的种植、生长、收获的事情不清楚。他很乐意去种土豆。

"吃饭！吃饭！"崔家姨妈端着一盘冒着热气的馒头走出厨房扬声喊道。

刘子珍擦干净了院内的大方桌，将几个板凳放在方桌四边。这时，叶大平端着炒土豆丝和凉拌小白菜放在桌上。她扭头对刘子珍说："二嫂，我俩端粥去！”

很快，粥也端上桌。大家坐下吃了起来。

37

吃过早饭，崔家姨夫将切好的土豆装入麻袋，扛在背上，拿着锄头出门了。

“嗨，你们这是干嘛去？”叶大平从厨房出来问。

“我跟姨夫去西大坡种土豆去！”叶大和说。

“等等，我也去！”叶大平拿起墙角边的一把铁锨，跟着走出院外。

阳光明媚，空气清新。此时的南山，颜色或深或浅，纵横交错，无规则地分布于大地之上。向远处看去，山脚下是洼地。有树木，还有马、牛、羊。它们身影晃动，偶尔传来一些叫声。

“啊，太美啦！”叶大平高兴地挥起了手臂。

“这妮子！”崔家姨夫只顾低头走路，听叶大平这么说，抬起头笑着说，“就这么一座秃山，有嘛儿美？我们山里人看中的，是它能种五谷杂粮，还能放马、养牛、牧羊。它供我们吃的、喝的，让我们安闲地活在这世上。这就够了！”

叶大和知道，他俩的角度不同，所以感受也不同。其实，他与妹妹的感受是一样的。久住城里，此刻，他很喜欢山村的这份宁静。

“姨夫，来，换一换，我来背！”叶大和拽住姨夫背着的麻袋说。

姨夫将肩上的袋子挪到了叶大和背上。

西大坡，名副其实。大坡从南山高处延伸下来，逐渐变低。靠近山根处，已有青草的绿意。再往下，能看到山民们开垦的一块块田地。田里已有种植过的痕迹，泥土细碎而均匀。崔家姨夫告诉叶家兄妹，这里的土质适合种植冬麦、青稞、谷物，也适合种植大白菜、土豆、胡萝卜，但不适合种植西红柿、菠菜之类的绿叶菜。

地是崔家姨夫两天前就翻过的，土质不干不湿，正适合种植。他们走进地里，崔家姨夫用镢头画了一条直线，从叶大平手中接过铁锹，从埂边开始，相距一步左右便挖一个小土坑。

“大和，你负责往坑里扔土豆！”崔家姨夫说。

叶大和从袋里拿出切好的土豆，挨个儿朝小坑里扔。

“大平，你用锄头刨土，把每个坑儿都埋好！”姨夫又对叶大平说。

崔家姨夫说：“人活着，三十年河西，三十年河东，会有变数。多个手艺多条活路，要学会转弯儿！”

这时，不远处走过来一个年轻人。

“崔伯，在种啥呢？”年轻人问。

崔家姨夫抬头看过去说：“种土豆呢！”

年轻人长得强健魁梧，眉眼俊逸，有点儿诧异地看着叶大和、叶大平。

“噢，他俩是从甘州城里过来的，是你崔婶的外甥、外甥女。”崔家姨夫随即问道，“克南啊，你家的地都种上了吗？”

“种上了，崔伯。”克南回答崔家姨夫后，转向叶大平，“把锄头给我吧，我来填埋。你跟在后面用脚踩平了就行！”

小伙子不容分说接过锄头，刨埋起来。他干得很在行，两锄头就填满一个小坑。

叶大平先是一怔，随即在填埋好的土上用双脚踏平。

38

叶大顺离开嘉峪关之后，一路寻寻觅觅、走走停停。

回想嘉峪关经历的事儿，令他遗憾又憋气。他没想到会在那里碰上失散的弟弟，当他不顾一切地冲出西域春面馆追赶小弟时，因不慎撞倒店家的桌子引起一场纠纷。他追得太晚，怎么也找不见了小弟的踪影。黑夜浇灭了他心中的希望，他沮丧至极。

戈壁的夜晚更加凄凉。苍穹把大地笼罩起来，不留一丝亮光。叶大顺置留在这种境地，心被撕裂，不知道自己为什么还活着。他痴痴地坐到大半夜。

后来，他被一个男人发现。这个人说："这位兄弟，夜里戈壁风大，还有狐狸、野狼。去我店里住吧！"

叶大顺站起身说："大哥，我，我的盘缠都被人讹走了！我，我不去住店！"

"我不要你的盘缠！走，今晚上你就睡在我店外的木椅上！"店家侠气地说。

就这样，他在嘉峪关住了一晚上。

第二天天没亮，他趁店家还在睡觉，悄悄离开了。他在一个水沟旁洗了脸，又吃了些干饼，离开了嘉峪关。

此刻，叶大顺坐在一辆独马拉的马车上。赶马车的是个干瘦的老人。这一路，叶大顺有时徒步，有时搭乘人家的马车。连他自己也说不清，是在哪个小站或村庄坐到这位老人车上的。

老人一路上很少说话，皱着眉头，心事重重的样子。这年头，谁能有什么高兴的事儿呢！你不吭声，那我也不说话。就这样，他坐着老人的马车，从早晨已到日头西斜。

老人忽然转身说，他要去尖尖墩，要叶大顺下马车。

"我……我要去哈密。还有多远？"叶大顺懵懵懂懂地问。

"这里就是哈密了！你下车，再往西走，前面就有村庄。"老人说。

叶大顺只好下马车。老人赶马车掉转了方向。

"大爷，谢谢您！"叶大顺大声说。

一声鞭响。叶大顺没听到老人回应。一个怪人！叶大顺心里嘀咕着。

叶大顺朝西走去。

39

叶大顺渐渐发现眼前的景象与河西走廊有所不同。虽然都是戈壁，之前见到的都是寸草不生，黄沙一片。而这会儿有一墩墩发绿的骆驼刺、白刺、芦苇，还有长得很高的胡杨树。这些野生的植物颜色各异，绚丽多彩。红柳的颜色最鲜艳，同一枝条上，有红的、粉的、白的花朵紧偎在一起，一簇一簇的样子。叶大顺在红柳墩前站了许久，不愿离去。突然，他又看到一墩白刺，结着鲜红的小果实。这让叶大顺非常惊喜。此刻，他又饥又渴。他走到白刺墩旁，摘下一颗果实放进嘴里。这野果甜中带酸，很好吃！他索性蹲下身子，不停地摘野果吃起来。

终于，他的胃被这些小野果填得差不多了。

继续往前走。前面出现了绿草滩，小草茂盛。叶大顺心中高兴，看来，这真是到新疆了！这次终生难忘的逃亡终于要到头了。

忽然，一条蛇窜到脚下。叶大顺一惊，忙往一边躲。谁知一脚下去，却踩在锋利的白刺根上。他惨叫一声，跌倒在地。

叶大顺抱过右脚一看，伤口在脚心。一道裂口正流着鲜血，疼痛让叶大顺紧咬牙关。为了止血，叶大顺捋着身旁红柳枝条上的叶片，擦拭伤口。但是擦完之后，鲜血又流了出来。

叶大顺从背包里取出擦脸毛巾，裹在右脚上。他趿着鞋，想站起来。还没站稳，一阵钻心的疼痛袭来，他又栽倒在地上。

他知道自己无法前行了。看来，要在这红柳丛中过夜了。但是，他想起了那条蛇。万一被蛇咬一口，那就更糟了。这人迹罕至的地方，说不定会有恶狼。万一……

叶大顺越想越怕。他必须离开这儿!

突然,他听到了一阵窸窸窣窣的枝叶摩擦声,仿佛有人朝这边走来。叶大顺屏住呼吸,眼睛盯向声音发出的方向。

来人终于走近了,是个五六岁的小男孩。小男孩看到叶大顺,显然被吓住了,本能地后退几步,惊愕地看着叶大顺。

小男孩长得漂亮。圆圆的脸庞,白净的皮肤,眉毛粗重黑亮。鼻梁长得很有特点,高高隆起。看得出,长大后一定是个帅小伙儿。他的服饰很别致,黑色的绒布对襟衫,衣领、衣袖及对襟的边沿上镶嵌着金黄色的精致绣边。而他头上戴的那顶帽子更是色彩斑斓,制作精美。从这身漂亮的行头上,叶大顺猜到他是个维吾尔族孩子。

“你家住在这里吗?”叶大顺试探着问。

孩子不回答,怔怔地看着他。

“你叫啥?”叶大顺又问。

孩子突然转身,撒腿跑开了,嘴里大声呼喊着什么。

很快,孩子返回了,身旁还多了一个老人。老人瘦高个儿,微微驼背。最显眼的是,下巴上留着长长的胡须。胡须已花白。他头上也戴着一顶刺绣着花纹图案的花帽。不过,颜色不如小孩的那顶鲜艳。

老人用惊愕的眼神看着叶大顺。叶大顺看着,猜想,这一老一少应该是祖孙关系。因为语言不通,加之他对维吾尔族人不甚了解,叶大顺一时不知说什么好。

孩子却对他爷爷说着什么,并指着叶大顺受伤的脚。

老人走上前问:“你的脚,在流血……”

叶大顺没想到老人会用汉语和自己说话,赶紧回答:“是,是受伤了。”

老人转过脸去又和孩子说起话来。只见那孩子专心地听着并不时点头,然后一转身跑开了。

老人凑到叶大顺身边，蹲下身子说："朋友，你的脚伤得很厉害，在流血。这野地里长有一种野草，会止血。给你解开了，止止血吧？"

叶大顺很感动，赶紧点头："嗯，嗯！"

老人将叶大顺绑在右脚上的毛巾解下来。这时，孩子手里抱着一种长着长长茎秆的野草回来了。

老人接过孩子手中的草，掐下叶片在手中揉搓，敷向叶大顺受伤的地方。最后，拿毛巾捆绑起来。

停了一会儿，老人问："怎么样？"

叶大顺觉得脚心渗凉，好舒服，也不那么疼痛了，感激地说："谢谢您，老人家！"

老人站起身子介绍说，他叫阿尔曼，住在离这里不远的柳树庄。他又指着孩子说，他叫都曼，是自己的孙子。

叶大顺频频点头。在阿尔曼老人的帮助下，他趿着鞋站了起来。

阿尔曼老人问："你要去哪里？"

叶大顺说要去哈密城。

阿尔曼看看天色说："去哈密城还很远呢！再说，你受伤的脚现在根本无法走到哈密城。"

叶大顺为难地低下头。

"走！去柳树庄！"阿尔曼语气肯定地说。

过了一会儿，阿尔曼赶马车回来了。叶大顺看到马车上装着一捆捆鲜嫩的青草。原来，阿尔曼和都曼是来这里割草的。

阿尔曼将叶大顺的包裹放在车上说："上车吧！"

西出阳关无故人。可是此刻叶大顺觉得，这阿尔曼大叔和都曼像亲人一样的亲。

在祖孙俩的帮助下，叶大顺上了车。阿尔曼老人一扬鞭子，马车向大柳树庄驰去。

40

这几天，叶大平吃过早饭就急着去西大坡那边。那边有一条小溪，她端着盆子装着小侄子的尿布、被单，还有大嫂尚秀帘换下的衣服。

这会儿，叶大和跟着崔家姨夫去地里了，崔家姨妈也出了院子，院子显得静谧。刘子珍走过来，将餐桌挪到院里的凉棚下。她很享受山村里宁静的生活。

西侧房传出尚秀帘与新生儿咿咿呀呀的欢笑声。听得出，做了母亲的尚秀帘这段日子过得很开心。

刘子珍起身，朝西侧房走去。

尚秀帘半倚在孩子身旁，撩开衣襟给孩子喂奶。见刘子珍进来，急忙坐直身子笑着说："子珍，快，这边坐！"

刘子珍紧挨着尚秀帘坐在火炕边上。她看到尚秀帘白了，胖了，跟以前比，有了一种说不清楚的变化。这就是一个女人的蜕变。女人怀胎、分娩，是对女人生命的一次极大的挑战。这一过程，女人不仅经历了身体的剧变，也经历了一次精神上的洗礼。上苍大概是有意这么安排，才使女人成为了母亲的。尚秀帘的变化，令刘子珍惊讶而又有点儿看不懂。

看刘子珍默默地看着自己，尚秀帘由衷地说："子珍，谢谢你了！这些天有你们在我身边，辛苦了！"

刘子珍笑道："瞧你说的，你生娃儿我们若不在你身边，那还是一家人吗？"

刘子珍说的是真心话。自从与叶大顺结婚后，她便很快融入这个家中。虽然相处时间不长，但她觉得叶家人都不错。上到婆婆，下到小姑子，以及这位嫂嫂，对自己都挺关心的。这下，叶家又添了第三代，谁能不高兴呢！

“这小家伙，真乖！”刘子珍转向吃奶的孩子说。

“吃饱了！”尚秀帘将孩子递向刘子珍，对孩子说，“去！认认婶子！”

刘子珍接过孩子，眼光落在孩子身上。那肉乎乎的小圆脸上，皮肤细腻红润。刚刚吮吸过奶水的嘴巴，还沾着奶渍。刘子珍一逗，孩子便咯咯地笑了起来。

“这小子，见了婶婶这么亲！赶以后让婶婶也生一个，给你做伴儿！”

刘子珍听着，脸上的笑意消失了。她长叹一口气说：“大顺和大安走了这么多天，至今没个音讯，也不知到底怎么样了？”

尚秀帘意识到自己的话勾起了弟媳对叶大顺的情思，有些后悔，赶紧劝慰说：“陇西到新疆，路途那么远。就是捎信儿也得好长的时间吧！大顺、大安都是机灵人，他们应该没事儿，你就放心吧！”

“但愿吧！”刘子珍说。

41

叶大顺来到新疆东大门的哈密地界已经七八天了。

那天，他右脚受伤，偶遇阿尔曼大叔和他的孙子，去了柳树庄。柳树庄距离哈密城区近一百里路。这一带村落的布局基本上都在一条线上，村庄与村庄隔着一定距离。如果用一种形象的事物作比喻，很像一条无形的线穿起的珠子。柳树庄实际上包含了八九个大小不等的村落。从西往东排起，分别被称为“一号坎儿”“二号坎儿”“三号坎儿”等，予以区别。阿尔曼大叔住在“六号坎儿”。

那天，叶大顺随阿尔曼去他家。进院后，家人们看阿尔曼带来一个陌生的汉族人，都很惊讶。待阿尔曼讲述之后，家人们都对叶大顺表示同情。阿尔曼的老伴儿努尔兰很快端上奶茶、馕请叶大顺食用。

阿尔曼家的房屋具有明显的少数民族特色，房体木料多，屋檐突出。经过能工巧匠加工，又上了颜色，显得很漂亮。阿尔曼夫妇的儿子叫赛吾列提，儿媳叫阿依夏木。叶大顺看出来，这是一个和睦、勤劳的家庭，每个人都善良可亲。

天黑睡觉时，犯了难。家里没有多余的房间，阿尔曼和儿子赛吾列提用一个多小时，将院外的一间工具房收拾出来，搬了六七块长木板支了一张床，让叶大顺在这里过夜。

叶大顺原打算在柳树庄住两天就走，去哈密城投奔赵光祖。可是，脚伤一直不好，行动不便。每天吃饭都是努尔兰大婶做好了，叫赛吾列提端过来。

赛吾列提长得眉粗、眼大、鼻梁高，有一种英武的气质。每到晚饭后，他总要和叶大顺聊天，很想知道外面世界的事情。赛吾列提比叶大顺大五岁。在叶大顺心目中，他是一个善良又有朝气与正气的大哥。

友谊会改变一个人的精神世界，叶大顺不再消沉，心胸敞亮起来，每天会在村子里走动。这个村里住着维吾尔族人、哈萨克族人、汉族人。大家日出而作，日落而息，村里的气氛祥和、幸福、安宁。叶大顺一下子喜欢上了这个村子。

42

经过了沙漠戈壁，这一天，叶大安随邱队长的骆驼队到了哈密城。

踏入城区，每个人都很兴奋。在城乡交界的上庄子，邱队长指点着将骆驼队带进一家有畜舍的客栈里。这家客栈地盘大，有供客人留宿的客房，也有供马匹、骆驼歇脚的地方。

大家拴好骆驼，卸下货物，订好客房。邱队长说，时间还早呢，弟兄们辛苦了！走，到哈密城里找家维吾尔族餐馆吃饭去！几个人一听，说说笑笑走出了客栈。

朝西走，经过一座大桥。沿河两边，有很多高大粗壮的柳树，枝叶茂盛，碧绿发亮。邱队长说，当地人都把这些树称作“左公柳”。

此时大家已来到一个十字路口。朝前望去，西边是宽敞的马路。南边，也是宽敞的马路。唯独北边，人迹稀少，似乎还有沙丘。邱队长说，那边叫北沙窝，是哈密城区比较偏僻和落后的地方。那里仍保留着哈密城外的一些地理风貌，民房不多，人也稀少。

“走，去花果山！那里是哈密城最热闹的地方！”

邱队长大声说。

“花果山？就是《西游记》里那个陪唐僧西天取经的孙悟空住的地方吗？那儿还有水帘洞呢！”叶大安高兴地喊起来。

“那里没有孙悟空，也没有水帘洞。那是个地名，住着许多维吾尔族人！”邱队长纠正说。

邱队长突然停下脚步，怔怔地看了叶大安片刻，说：“嗨，你小子说话啦？你不是个哑巴吗？”

同行的伙伴也将眼光转向叶大安。

叶大安惭愧地低下头，将自己的遭遇全说了出来。邱队长说，“如今我们就是你的亲人，跟我们走吧！”

他们来到花果山。

这里实际上是十字路口。不过，从西边延伸过来的马路到了这儿，因为对面是居民区，所以就此中断。通往南北方向的路各自向前延伸，在这里形成了“丁”字形的岔路口。

走到这里，一下显示出了哈密城的热闹。虽近黄昏，但街面人来人往。街边有卖菜的，有卖葵花籽的，还有卖新鲜杏子的。

邱队长和同伴们在人流中穿行。叶大安感到，这里和老家甘州城有相似的地方，诸如街道、树木，以及来来往往的人。不同的是人们的语言不同，长相也有差别。汉族女人都穿着单衣长裤，而维吾尔族女性都穿着长裙，给这平凡的世界增添了许多魅力……

“喂，小子，眼睛别盯着人家姑娘看！走，咱们找馆子。都看看，想吃哪种新疆美食！”

43

邱队长一行人来到一家餐馆。

掌柜的是个三十来岁的女性，头围一条纱巾，长长的头发挽向脑后。她说：“店里有抓饭、大盘羊肉焖饼子、烤包子，你们想吃什么？”

有人说吃抓饭，有人说吃烤包子，另有两人要吃大盘羊肉焖饼子。叶大安坐在那儿不知道说什么好。

邱队长思忖片刻后，说：“就来大盘羊肉焖饼子吧！这些日子大家风餐露宿，忍饥挨渴，都很辛苦！今天终于进了新疆，也算回家了。我邱光继今天请各位弟兄们美食一顿，表表心意！大盘羊肉焖饼子不够吃，咱再叫烤包子、抓饭！”

叶大安从未吃过新疆美食，觉得羊肉焖饼味道很香，吃起来很过瘾。

邱队长又对掌柜的说：“再来几个烤包子！”

大家都说“吃饱了、吃饱了”，可禁不住烤包子的诱惑，又拿起了烤包子。

烤包子是羊肉馅的，还掺和了皮牙子。叶大安咬一口，感觉羊肉新鲜，皮牙子味冲。这味儿，叶大安觉得是那么香。

太阳西斜。大家出餐馆，返回客栈。

叶大安心中有事。直到现在，他才清晰地想到一件事儿——赵光祖就在哈密！当初他和二哥叶大顺就是依仗着赵光祖才逃离甘州远赴哈密的。到了哈密，自己应该去找他啊！可是，他在哪里呢？

"小子，快走！"邱队长回头催促他。

叶大安急走几步追上邱队长。他把心中的事儿讲出来，希望得到他的帮助。

"他住在哪里？"邱队长问。

"我不知道。"叶大安说。

"这么大的哈密城，你连人家住哪里都不知道，怎么去找？"邱队长说。

叶大安确实不清楚，都怪他当初就没用心记，只想着身边有二哥呢！这会儿，他只告诉邱队长，赵光祖是个商人，开店的。

邱队长沉吟一下说："既然是开店的，那咱们该往西边去找。西边十字路口开店的多，或许能找到！"

站在远处的贾占山不乐意了，抱怨说自己累了，要回客栈睡觉。

邱队长说："帮人如帮己！他不去，我们去，帮帮这个小兄弟！"

44

哈密城老城区是人口最为密集的地方。在鳞次栉比的白色建筑群中，有一座房子显得与众不同。这是哈密城商会所在地。

这个商会成立时间不长。商会定期召集八方来客，商讨商业事项。他们中有做丝绸生意的，有做陶器生意的，也有做茶叶生意的。新疆是个好地方，有广袤的土地，有巨大的宝藏，如果大家一齐努力，新疆必定会成为一个做生意的好地方。

此刻，赵光祖正在商会。今天，阿专员要来商会与大家见面，各路商家兴奋异常。不少人早早来到这里，耐心等待阿专员的到来。

赵光祖自从把老家的生意延伸到这里之后，他的“公一心”商行一直运营得不错。渐渐地他与来哈密城里的同行们熟悉了起来。他有文化，有谋略，为人侠义正直，很受同行尊敬。一年前，商会改选时，他被推举为会长。

阿专员来了。赵光祖赶紧迎上去。阿专员握住赵光祖的手，热情地说：“您好，赵会长！”

赵光祖礼貌地回应着。

大厅里响起掌声，人们都站起来。

阿专员招招手，示意大家坐下来。他也坐了下来。

赵光祖郑重宣布：“感谢阿专员百忙中光顾商会。现在，请阿专员讲话！”

会场上又响起一阵掌声。

阿专员说：“今天，我代表哈密政府来看看大家。首先，我要真心地感谢你们为推动哈密的发展所做出的努力……”

45

又一个云淡风轻、阳光明媚的好天气。

叶大平端着一个圆形铁盆出了崔家大院。她向左一拐，顺着一条踩踏得光洁的羊肠小道，朝南山西大坡走去。西大坡有一条溪流，溪水是从南山的山脊崖间流下来的。顺着崖缝流到西大坡低洼地带，便形成了一条小河。冬天时节小河是干涸的，到了春天，雪水顺着山势流淌下来，村民们就开始播种。

叶大平心情欢悦地走着。她能看到散布在西大坡上正在耕作的人们。他们三三两两在各自的地里忙碌着。叶大平看到了崔家姨夫和她大哥叶大和，还有崔家姨妈在种青稞。叶大和牵牛，崔家姨夫扶犁，崔家姨妈则一手挎篮一手撒种！

叶大平也看到了那个叫克南的小伙子。他头戴一顶麦秸杆草帽，骑着一匹枣红马过来。从那天短暂的接触中，克南留给叶大平的第一印象很不错。他豪爽大气、乐于助人，彬彬有礼。他骑在马上，昂扬着头，笔挺的身姿显出一种绅士风度。

克南突然掉转了马头，朝崔家姨夫的田边走去。

叶大平发现自己有点儿失神。她急忙离开，顺着坡势朝溪流走去。

很快，她在溪边一块大石头旁停下来。她放下铁盆，将衣物和尿布倒在草地上准备清洗。溪水缓缓流淌，泛着浪花，从上游流来，又朝下游流去。她突然发现克南在下游不远处饮马。他正看着她。

叶大平急忙蹲下身，拿起衣服洗起来。那边响起了马嘶声，大概马已经喝足了水。克南把马拴在一边，蹲在溪边洗起手来。

叶大平心中有点儿乱。一不留神，手中的衣服被一股急流冲走了。叶大平起身想拽，却没能拽住。

"我的衣服……"叶大平惊叫起来。

克南迅速下溪，伸手，拦住了衣服。

叶大平走过来，克南把衣服递给她。

叶大平接过衣服，正想道谢，枣红马突然又嘶叫起来。

克南转身拉紧马缰绳，回头对叶大平笑着说："叶大平，不用谢！我叫康克南！"

叶大平看着康克南上马走了。

46

叶大安随邱队长的骆驼队出了哈密城，要到镇西去。

前一天，邱队长和三个同伴一直在哈密城老城区转悠，帮助叶大安寻找他的叔叔赵光祖。始终没有找到，叶大安很失望，所以想跟着邱队长去镇西。

骆驼队出城，沿途能看到田地、白杨树、村庄。还能看到零零散散的农民在田里劳作。褐黄色的田里已长出了麦苗，一片片显出浅绿。继续往北走，白杨树少了，麦田也不见了，只有荒漠戈壁。这和驼队一路经过的河西走廊所看到的情景基本上一样，是大西北的特色。

离开哈密城很远了，骆驼没了先前的精神气，人也显得无精打采。忽然，邱队长又扯开嗓子唱了起来：

哥哥你走西口，
小妹妹我实难留。
紧拉着哥哥的手，
知心话儿没说够。
…………

叶大安第一次听邱队长唱这歌时，非常佩服。别看邱队长长得五大三粗，可他的情感却丰富细腻。可是，一路听下来，便有点儿腻味了。同行的人也都很淡然，骑在骆驼上，一晃一晃地朝前走，谁也不吭声。

"看，黄羊！"

邱队长停止唱歌，突然喊道。

果然，一只黄羊从驼队前一跳而过。大家都来了精神，兴奋地看着那只黄羊飞快地跑向旷野，一会儿工夫便不见了踪影。地是黄色的，黄羊也是黄色的。要不是它处于动态之中，大家是很难留意到它的。

"它是去喝水了！"邱队长兴致勃勃地说，"看，咱们离天山越来越近了。在荒原上走，如果看到了黄羊、兔子、狼，那一定离水源不远了。有水草的地方，才有生灵！"

果然，越往前走，路况愈加不同，渐渐进入石滩路。越往前走，石滩路上的大石头越多。石头大小不一，一看就是被山水冲刷过的没有锋利棱角的样子。大的如斗，小的如珍珠。骆驼们的行走速度显然慢了下来。

雄伟的天山由西向东横卧而去。驼队右前方出现了一座小山头。

“喂，邱队长，走了一上午，咱们该歇会儿了吧?”贾占山回头问道。

“是，咱们歇歇脚，才好过天山！”另有人应和道。

“可是，咱们得赶着天黑之前出天山……”邱队长说，似乎有点儿犹豫。

前面几个人已经下了骆驼，或去解手，或就地坐下来。

叶大安到独山头后，猛然发现这里藏着五六个人，贾占山也趴在那儿！

贾占山伸手拽倒叶大安，猛喝道：“快趴下，不许出声！”

叶大安突然明白，驼队遇到了土匪，而贾占山是他们的内线！

叶大安很快被控制住了，嘴里塞了草团，手脚也被捆绑起来。

“快去！停在最后的骆驼驮得东西最值钱！然后是中间的。快点儿，拿着你们的刀……”

贾占山厉色对那几个人说。很快，他们拿着棍棒、马刀，朝驼队跑去！

叶大安挣扎着想爬起来，贾占山却将他死死按住说：“再动，要你命！”

贾占山抡起拳头砸向叶大安头部。

47

叶大安从昏迷中清醒过来。

他动了动身体，腿脚被捆绑，动弹不了。他恍然记起，曾被贾占山狠揍一拳后，便什么也不知道了。他尽力睁开眼睛，贾占山不见了，藏匿在山后的壮汉也不见了。对了，当时似乎还有几个在远处骑马溜达的牧人，全不见了！叶大安的意识渐渐清晰起来，驼队在这里遇到土匪抢劫！

邱队长呢？还有同行的兄弟呢？叶大安挣扎着坐起来，把绳索从胳膊上、脚上抖落下来，身体终于自由了。

叶大安走过小山头向远处看，他失望了。哪有邱队长和驼队的影子？他迈步走去，地上有小草被脚步踩踏过的痕迹。到当时停歇的地方，他居然看到了斑斑血迹。在身体疲惫的那一刻，邱队长和同伴们哪是劫匪的对手？他们一定遭遇了不测！

叶大安站在那里，心意茫然。又感到一阵眩晕，他瘫倒在碎石滩上。他眼睛直视着蓝天。天是那么高，云是那么淡。他躺着，只想躺着。

天完全黑下来的时候，叶大安醒了。突然，他看到靠近山脚的地方有一束亮光。他要活下去。他朝那束亮光走去。

48

这些天，叶大和跟着崔家姨夫天天去地里帮着播种。今天早饭后，他没急着出去，只是慢慢悠悠地在院子里拾掇拾掇这儿，捣鼓捣鼓那儿。此刻，西侧房里传出小宝宝咯咯的笑声。这声音像带有一股强烈的磁力，冲撞着叶大和的心。

叶大和朝西侧房望去，发现门头上挂着的那块红绸布被取走了。心中正诧异，却见崔家姨妈笑吟吟地从西侧房走出来。

“大和呀，你坐这里是在听宝宝的声音吗？”崔家姨妈问。

叶大和不好说什么，有点儿腼腆地点了点头。

崔家姨妈见叶大和窘迫的样子，突然笑了起来：“你呀，都当爹啦，还这么爱脸红！快进去看看吧，娃儿喊着要爸爸呢！”

崔家姨妈一边说笑，一边走开了。

尚秀帘正在炕头给孩子喂奶。孩子粉嫩的小嘴含着她胀鼓的奶头，吮吸得啧啧直响。

尚秀帘看到叶大和进来，先一怔，随即低头对孩子说：“宝贝，不吃了！快看看是谁来看你了！”

“啊，宝贝！”叶大和无限疼爱地看着妻子怀里快满月的孩子。

“去！让你爸爸抱抱！”尚秀帘将孩子递向叶大和。

叶大和接过孩子，抱在自己怀里，看着，不停地笑。

夫妻两人像在欣赏一件艺术品。

尚秀帘正了正身体，一本正经地说：“该给咱娃儿起个名字了，总不能老是叫‘宝贝’。”

“是。”叶大和想了想说，“还是等等吧，娃儿这名字该由奶奶起！”

“也是，那就等着让奶奶起吧！”尚秀帘说。

“秀帘，你这月子坐的，白了，胖了，越发漂亮了！”叶大和满脸爱意地看着尚秀帘，情意绵绵地说。

尚秀帘脸上起了一丝红晕，莞尔一笑道：“我以为生了娃儿变丑了、变笨了，你会嫌弃我了呢！”

“说啥傻话呢？我是那种人吗？”叶大和嗔怪道。他抬手，捋一捋尚秀帘有点儿凌乱的头发。

尚秀帘顺势抓起叶大和的手，深情地捂在自己胸口上。

“大嫂，我来拿衣服啦！”

门外响起叶大平的声音。话音未落，叶大平已跨进门来。猛然看到哥哥嫂嫂，她有点儿尴尬。

尚秀帘慌忙推开叶大和的手，往一边坐了坐说："大平啊，真辛苦你了！总让你这姑姑洗洗涮涮。喏，换下的衣服在这儿呢！"

叶大平弯身将衣服拾进自己端的盆里，急忙走出去。

49

叶大平朝西大坡走去。

这些天，她每天都要来这里为小侄子洗衣物，这条路走熟了。

出村后朝北走，穿过一片林子，便有一条羊肠小道弯弯曲曲通向西大坡。或远或近，在那延绵倾斜的坡地里，总能看到田间劳作的农人。每次路过这里，叶大平很享受这种闲适、恬静的山乡气氛。

突然，传来一阵歌声。

叶大平转身望去，唱歌的正是康克南！此刻，他不是骑在马上，而是手牵着马，边走边唱。歌声悠扬、高亢，在山间回荡。

歌声越来越近。叶大平看出来，他是到溪流那边饮马去的。

少女的敏感告诉叶大平，自己应该避讳。她已从几次短暂的接触中感觉到，康克南似乎在有意接近自己。还有，他看她时的眼神也透露了心迹。他是个性格直爽而又真实的人。这种人，不会掩饰自己。

叶大平踌躇时，康克南已迈出田埂，牵马走了过来。

他微微一笑说："大平姑娘，我就知道每天这时候你会来这里！"

叶大平站着没动，也没说话。她向往甜蜜的爱情，憧憬美好的生活。说心里话，自从那天跟着崔家姨夫一块儿种土豆时见了第一面，这个体态高大匀称、相貌俊朗的康克南，就令她心动。可是，少女的自尊和矜持，又让她此刻装得淡漠、冷静。

"大平，等等我！"进退两难之际，刘子珍走了过来。

叶大平一阵欣喜，子珍嫂子来得正是时候。她忙说："我正在等你呢！”

刘子珍走过来，用奇怪的眼光看了康克南一眼。

“二嫂，前面那林子里的杏花开了，咱们去看看！”叶大平忙说。

“走，看杏花去！”刘子珍没停步，和叶大平走了。

刘子珍是紧随叶大平走出崔家大院的。出来之前，她看到叶大和进了西侧房，听到了他和尚秀帘逗孩子的嬉笑声。触景生情，她想起了丈夫叶大顺。

她看到小姑子叶大平远远地走着，便跟着她走。她想找个人说说心里话。小姑子比自己小两岁，年龄也相仿，也许小姑子最能体恤自己。

被山风一吹，再看看蓝天白云，还有眼前的原野山光，她的心里舒畅了许多。走着走着，突然冒出个康克南，还唱着情歌。不远处，站着的是小姑子叶大平。他是对她唱的吗？看看两个人的神色，有那么点儿意思，又不太确定。春暖花开，万物复苏，连鸟兽鱼虫在这个时节都在彰显那种对异性追求的情愫，何况人呢！

见叶大平突然转向自己，相邀到前边林里看杏花，刘子珍心领神会，向前走去。

康克南呆呆地望着她俩走远。

杏林离溪流并不很远，经过一段绿草掩映的土路即到。

“大平，没想到康克南那么会唱情歌呢！”刘子珍朝后瞥一眼，对叶大平说。

叶大平没吱声，只管走路，脸上的表情起伏不定。

“大平，他是不是看上你了，专为你唱的！”刘子珍索性把话说破了，脸上浮现出一种诡秘的笑意。

“二嫂，不许你瞎说！”叶大平嗔怪地说，脸上现出红晕。

“好，是二嫂在瞎说！咱们走！”刘子珍说着，紧迈脚步，走在叶大平前头。

突然，叶大平停下脚步，尖叫起来："妈呀，这是什么？快，要吓死人！"

刘子珍退回，定睛看去，只见路旁安安静静地卧着一个圆乎乎的东西，全身长着刺儿，一动不动。

刘子珍突然转身，向溪流边的康克南大声喊道："喂，快来看看，这里有怪物！"

康克南将马缰绳拴在一棵树上，急忙跑了过来。

"哦，刺猬！"康克南看一眼说道，"它不伤人，别怕！"

康克南脱下外衣，一下子将刺猬包起来。

叶大平、刘子珍站着，不知说什么好。

"走，我们去洗衣服吧！"刘子珍说。

叶大平随刘子珍向溪边走去。

50

阿尔曼大叔家来的这个汉族人很快引起了大家的注意。

最早注意到他的，是那个说话带兰州口音的李生亮。

李生亮是个光棍，一直在这一带靠给人打工过活。每天吃过饭，爱在村子里溜达，就和叶大顺熟悉起来。

叶大顺得知，清同治年间，兰州各地连年发生灾荒，当地人卖儿卖女，四处逃荒求生，不少人西出阳关，逃到了新疆。哈密是新疆的门户，不少饥民看到这片绿洲有水有草有人烟，便也不想走了，定居在这里。他们和当地的维吾尔族、哈萨克族和睦相处，垦荒种地，或放牧，也有人在城里做着各种生意，生活延续了下来。

很早以前，柳树庄的主人是一对年轻的维吾尔族男女。他俩原本在山北的镇西居住，但因为当地的巴依企图霸占貌美如花的姑娘，小伙子与姑娘连夜出逃。翻天山，越沟壑，走戈壁，三天后逃到这一带。他们发现了七眼泉水，决定在这里安家。这里实际上是块风水宝地。自从这对维吾尔族年轻人定居这里以后，渐渐又招来了一些过路之人，人口多起来了。柳树越长越多，人们便把这村落称为“柳树庄”。

现在，阿尔曼大叔家门前围了不少人。

原来，大家来找阿尔曼大叔，都是同一个原因——水！

柳树庄北戈壁有坎儿井。每道坎儿井，浇灌着村落的麦田及其他植物。每年开春必须清理坎儿井。如果坎儿井里的淤泥不清理，那么就会减少水的存量，甚至造成断流。“民以食为天”，一旦断流，全年没了收成，村民们能不着急吗？所以，他们都跑来找阿尔曼大叔，想让他组织大家尽快挖坎儿井，让井水正常流通。

长期以来，人们习惯了有事找阿尔曼大叔。这个长者，很受人敬重。他往往是一个办事公正、尽职尽责、有主见有谋略而又善听众人意见的人。

阿尔曼大叔告诉大家，这件事儿他早已放在心里，明天就上坎儿井，每家出一个壮劳力。家中只有老人的，可以不出工。

“我去！”“我去！”

小伙子们自告奋勇，很有积极性。李生亮也挤到阿尔曼身边报名。赛吾列提记下了名单说：“谢谢各位乡亲的支持！维吾尔族人有句话：‘孤寂的燕子会困死在草原，结了伴儿能飞上蓝天。’我们大家结了伴儿，一定会让坎儿井的水更多，流得更远！”

大家心中都好似增添了不少力量。

51

吃过早饭，赛吾列提在村里绕了一圈儿，身后跟了五六个人。李生亮站在村北大涝坝口。这是去北戈壁挖坎儿井的必经之路。

“嗨,赛吾列提,今天咱们把第十一号坎儿井里的泥沙清挖出来,整个坎儿井的水就通了。看来,误不了春种!”

“对,误不了春种! 李大叔,您早啊!”赛吾列提笑着说。他紧走几步,和李生亮并肩。

后面紧跟着其他村民。

赛吾列提英姿勃勃、意气风发地走在最前面。小伙子们紧随其后,个个精神抖擞,充满信心。只有李生亮年岁最大,已满五十岁。他知道,赛吾列提需要帮手。他挖坎儿井有经验。

连说带笑,他们来到了第十一号坎儿井。这些天,他们已依次清理了一到十号井内的泥沙。今天,只剩最远的十一号井了。

十一口坎儿井由北向南一字排开,彼此之间的间距各有远近。远远看去,在戈壁上很显眼,像一队列兵,整齐威武。而单个看它们,井口由从井底打捞出来的淤泥围了一圈儿,形成一个很大的圆形墙基,保护着井口。它似乎在向人昭示:它是荒漠戈壁上的一大奇迹。是它,滋养了这里的人,以及黄羊、野兔、飞鸟,还有红柳、骆驼刺!

小伙子们放下泥筐、铁锨、镐、粗麻绳。赛吾列提和李生亮从十号井口挪过绞升泥筐的木架轱辘,放在十一号井口,试着摇了摇。

赛吾列提穿着靴子,弯下腰,抓着轱辘的底座,想下井。

“赛吾列提,每天你都在井下,那哪儿成?”李生亮阻止说。

“赛吾列提大哥,今天我下去吧!”瓦尔江拽住赛吾列提。

看他俩争执,李生亮迅速解下脚上的布鞋,脱了上衣,挽起裤脚,到达井口。他躬下身看了看,伸出一条腿,将脚踩在井壁的凹陷处。那是专为上下井的人掏挖的。

瓦尔江拗不过赛吾列提。后者也一步步踩着凹处下井。他大声说:“瓦尔江,你在上面负责提泥筐、筑泥墙,过了上午,你来替换我!”

赛吾列提也下到了井底。井下光色暗淡，他定了定神，看到李生亮手拿燃烧着的蜡烛朝井底北头走去，也摸索跟过去。

“赛吾列提，拿泥筐来！”李生亮喊道。

“好，我来了！”

这几天，他们就是这样把泥沙装进筐里，然后抬到井口，拴挂在绳索上。上边的人摇动轱辘，一筐筐吊出井倒掉。

赛吾列提走近李生亮，把泥筐放在他脚边。李生亮往筐里铲湿漉漉的泥巴。

突然，赛吾列提发现李生亮头顶上方的井顶出现了裂缝，李生亮全然不知！

“李叔！”

赛吾列提向李生亮猛扑过去，把李生亮推倒后压在身下。

李生亮意识到出事儿了，挣扎着爬起来，大声喊叫：“赛吾列提！”

但，听不到回答！

52

坎儿井塌方了……噩耗像长了翅膀一样传回村子。

最先来到北戈壁十一号坎儿井旁的是赛吾列提的妻子阿依夏木，在她身后的是走路还有点儿跌跌撞撞的叶大顺。叶大顺当时正在阿尔曼家的后院里堆放干草。阿尔曼大叔每天放牧归来时总会顺路背来一捆鲜草，放在院后空旷的地方晾晒，准备入冬后给牲畜们吃。叶大顺觉得自己连累了阿尔曼一家，心中很愧疚。他想报偿，可脚伤不愈。他干不了什么重活儿，就干点儿力所能及的事儿以示心意。他正要把最后一垛干草码上草垛时，听到有人在阿尔曼家院门前大声喊着：“快去看，坎儿井出事儿了！”

叶大顺扔下手中的铁叉走过来，只见阿依夏木已夺门而出一边撩起围裙擦手，一边大声向来人询问着什么。

“坎儿井塌了……你快去！”来人扭身向前大喊，“坎儿井出事了！坎儿井出事了！”

阿依夏木跑出村子，沿着明渠边的小道朝北边跑去。

叶大顺也顺着通往北戈壁的小道出了村。

远远地看到，井旁躺着一个人。李生亮坐在一边，神情沮丧。几个年轻人围在躺倒的人身旁按头捏脚，手忙脚乱，焦急万分。

阿依夏木发疯般扑过去哭号：“赛吾列提，我的赛吾列提！”

叶大顺走近看到，赛吾列提横躺在地上，脸色灰白，鼻翼下流淌着血。

陆陆续续有村民赶来。

叶大顺蹲在赛吾列提身旁，感觉赛吾列提已回天乏术。他抓住赛吾列提的胳膊，已感觉不到他的体温，脸色也愈加蜡黄。瞬间，叶大顺悲伤至极。他怎么也不会想到，进入新疆后遇到的第一个令他敬佩的维吾尔族兄长，竟这么快这么悲惨地与自己诀别了！

这时，司马义赶着马车到了。叶大顺忍着悲痛站起身。他看到，走在最后面的是阿尔曼大叔。

老人家怎能承受如此之大的人生打击——白发人送黑发人！叶大顺朝阿尔曼迎过去。

53

从第一眼看到儿子溘然长逝、独自静卧在荒郊野外起，阿尔曼一直没有说话。初到时，众人为老人家让开道。他神情凝重、双腿颤抖着走过去。他静静地凝视，后来坐下。他伸出长茧的双手在赛吾列提脸上摸，轻轻地摸，久久地摸。这是一张再也熟悉不过的脸了，他摸着他长大。可是，他才三十来岁啊！怎么就能扔下他的阿塔阿帕，还有年轻貌美的妻子及刚刚五岁的儿子离去呢？阿尔曼再也控制不住自己的情绪，眼泪像断了线的珠子一样往下掉。在场的人看阿尔曼老人哭了，都哭起来。

在众人的劝慰下，阿尔曼老人慢慢平静下来。瓦尔江、司马义等人商量着要将赛吾列提运回村。阿尔曼老人说，自己的父亲就葬在北戈壁，就把赛吾列提也葬在这里，让祖孙二人相依为伴吧！

54

叶大顺吃过早饭，想去屋后给牛、羊喂草料。这两天，牛羊一直没有出圈。猝不及防的打击将阿尔曼几乎击倒了，叶大顺看在眼里，疼在心上。他便包揽了这些事儿，想帮阿尔曼大叔一家人渡过难关。

叶大顺发现羊圈是空的。想必阿尔曼大叔已赶着牛羊去了草滩。

这时，李生亮拄着根拐棍走了过来。

十一号坎儿井塌方时，幸得赛吾列提眼疾手快，使李生亮活下来。这几天，李生亮心里很难受，如果小心谨慎点儿，也许不会发生这么可怕的事情。

自从来到村里，李生亮与阿尔曼一家相识已有四五年。初来时，因为语言不通，李生亮显得孤单、落寞。但是，阿尔曼不一样。在田间路头相见，阿尔曼总会向李生亮投来善意的目光，让李生亮感到了温暖。时间一长，两人便熟了，阿尔曼渐渐和李生亮用汉语交谈。李生亮生病，阿尔曼让儿子赛吾列提送来馕和奶茶，他们相处得就像一家人。

几天前，李生亮被乡亲们用马车拉回村。此刻，他再也躺不住了，拄着拐棍出门，急着要去看看阿尔曼大哥和努尔兰大嫂。

“李叔，您的腿伤……”叶大顺迎上去，关切地问。

“我的腿伤不要紧，只想看看阿尔曼大哥，他……”李生亮哽咽着说不下去了。

叶大顺告诉李生亮，阿尔曼赶羊群去了草滩。

李生亮沉默了，叶大顺也沉默了。

突然，阿依夏木从院里走出来大声喊道：“阿帕，阿帕……”

“阿依夏木，有事儿吗？”李生亮问。

阿依夏木冷静下来说：“达达、阿帕（维吾尔语指父亲、母亲）一连几天都吃不下饭。早晨，达达喝了点奶茶到南滩去放羊，阿帕不见了影子，她会去哪儿呢？”

阿依夏木的面容很憔悴。

叶大顺站起身。李生亮对阿依夏木说：“别急，你在家管好都曼，我们去找。你放心，我们一定会把都曼的奶奶找回来！”

阿依夏木没有再说什么，眼眶里涌满了泪水。

李生亮瘸着腿，同叶大顺一起向村外走去。

55

四月的晌午，阳光已有点儿灼人。叶大顺和李生亮出村后，径直来到去北戈壁的羊肠小道上。

从村口的涝坝开始，沿明渠长着高大的白杨树。白杨树已长出绿叶，但因背景是荒野戈壁，便显得有点儿孤寂。天空偶尔有麻雀或乌鸦飞过。很快，它们拖着哀怨的鸣声飞走了。明渠的水哗哗地流淌着，渠水打着漩涡，顺势流下。它们从坎儿井里出来，通过明渠注入村里的涝坝之中。涝坝一年四季都有储水作用。冬天会结冰，天热之后冰融化，又蓄新鲜水，供村民使用。它是这里人们的生命大动脉。为了这条大动脉，赛吾列提献出了年轻的生命。其实，何止赛吾列提一人，追溯到千年之前，曾又有多少人为了大漠戈壁变绿洲而尸埋戈壁？

这些天，明渠里的水显然大了很多。李生亮、叶大顺终于走到明渠的尽头。往上便是一溜儿朝北竖排着的坎儿井，离十一号井也不是太远了。这里再没有了遮荫的白杨树，有的只是被阳光照射着的白晃晃的大戈壁。

不知又走了多久，叶大顺突然叫起来："看！努尔兰大婶！"

努尔兰是个身材不算高大却身架宽厚的妇人。她长着大方脸盘，浓眉浓发，看起来慈祥而善良。她常穿一件竖条纹彩色印染的宽大长裙。平日里不爱说话，但待人真诚，常给叶大顺端送奶茶和馕，有时也送去自制的奶酪。她把东西放下并不说话，只是笑笑，然后走人。叶大顺从努尔兰大婶身上似乎能看到母亲的影子。她们默默付出，从不彰显自己。

可是，眼下这位母亲却被噩运吞噬着，心在流血。

努尔兰蜷跪在赛吾列提的坟地前，显得那么无助。叶大顺想一步跨过去宽慰老人。

"等一等！"李生亮说。

叶大顺停步。李生亮说，先别干扰她对儿子的思念。让她尽情宣泄吧，尽情地把心中的郁结解开吧！这样，她才能卸下心中的包袱，过好后半辈子。

叶大顺朝北望去。在一览无余的大戈壁看天山，山似乎并不遥远。整体看，东天山像一条卧龙的尾巴。这尾巴东西方向一横，这边便被称为山南。天山气势磅礴，蜿蜒起伏，山顶上白雪皑皑。

太阳已直射到了头顶。努尔兰终于动了动身子，想站起来。她双手撑在地上，抬起右膝。但是，她身体颤抖一下，又坐了下去。

李生亮和叶大顺急忙走过去，叶大顺搀扶着努尔兰，说："大婶，您该回家了！您出来这么长时间，都曼和阿依夏木都在找您呢！"

努尔兰迈脚站起来,又一个趔趄坐下去。叶大顺靠前躬下身子,将双手分开伸向后面说:“大婶,我背你!”

努尔兰迟疑着,李生亮扶着她的胳膊说:“你就当他是你儿子,当我是你兄弟!”

努尔兰靠近叶大顺后背,双手抓住对方的肩头。叶大顺一使劲儿,将努尔兰稳稳地背起来。

北戈壁的沙地上,留下了一长串脚印。

56

叶大顺背着努尔兰和李生亮一同回到柳树庄村,阿依夏木和都曼在村外的大涝坝那儿焦急地等待着。看到奶奶回来了,都曼一阵风似的跑过来。叶大顺双膝弯曲,将努尔兰稳稳地放在地上。

阿依夏木也走过来。努尔兰弯腰致谢,又转身去和都曼用维吾尔语说着什么。

“努尔兰大婶在夸你呢,说你就是她儿子!”李生亮笑着对叶大顺说。

祖孙俩说着,阿依夏木默默地听着。阿依夏木对叶大顺和李生亮说:“阿帕非常感谢你们!她说自己以前对汉族人不了解,后来明白了大家都是善良的人。”

叶大顺和李生亮很感动。努尔兰说得对!各民族之间习俗、语言等方面有一些不同,但只要大家都有一颗诚心,就会和睦相处,生活美好。

阿依夏木搀扶着阿帕要回家了。叶大顺、李生亮走在最后。都曼突然慢下脚步似乎有话要说。

待叶大顺、李生亮走近了,都曼靠在叶大顺身旁,一本正经地说:

“叶叔叔，我想求你别离开大柳树庄好吗?”

叶大顺愕然，问:“这是为什么，都曼?”

都曼神色阴沉了下来说:“自从达达死后，阿帕常躲在后院哭。爷爷、奶奶都老了，干不动活儿了！叔叔，你就别走了，帮帮我们家!”

都曼的话令叶大顺感到震撼。一个纯真幼稚的孩子，没想到心里装着这么大的压力！叶大顺紧握都曼的双手说:“都曼，你放心！叔叔哪儿也不去了，我就留在柳树庄村!”

“叔叔，你真好!”都曼将脑袋靠在叶大顺胸前，眼睛里溢出泪花。

“都曼，还有我呢!”李生亮动情地说。

都曼看着李生亮，说:“李爷爷!”

57

刘子珍收拾好厨房，一扭头，看见叶大平急急忙忙出了院子。入夏以来，田地里的活儿没有春播时那么忙了，叶大和轻松下来，悠闲地在院子里转着。

尚秀帘抱着孩子从西侧房走出来。时间真快，转眼他们来南山好几个月了，孩子长大了不少。尚秀帘走到正坐在矮板凳上准备抽旱烟的叶大和跟前，笑吟吟地看着丈夫，对怀里的孩子说:“看看，你爹在干啥呢?”

宝宝转过脸，看着爹，扑摆着小手，嘴里咿咿呀呀。

“宝贝，你在给爹说啥呢?”叶大和靠近孩子问。

“他在说，爹莫抽烟，娃嫌呛呢!”尚秀帘说。

叶大和将烟卷儿放在一边。以前他是不吸烟的，一则年轻，从未接触过。二则，他知道城里许多吸烟者，大多是富家、纨绔子弟，游手好闲，不愁吃穿，只会吃喝玩乐。叶大和对他们是不屑一顾的。可是，来到南山，崔家姨夫自个儿就种着烟草，常在歇息的时候卷上一支，抽上一会儿，又卷一支礼让叶大和。叶大和抵御不了崔家姨夫的热情，抽了几次。此刻见尚秀帘不高兴，他便扔了烟头，抱过了孩子。孩子在他怀里咯咯笑起来。

这一切都看在了刘子珍眼中，她从厨房里走出来。

“唉，这才像一家人啊！”刘子珍站在叶大和身后，深有感触地说。

叶大和看到弟媳，忙说：“子珍啊，来，你也坐下！”

尚秀帘挪过一把板凳，放在刘子珍身边。刘子珍坐下来。

叶大和平日里不大与刘子珍聊天，总保持着那种大伯子哥的身份形象，老成持重。但他是个粗中有细的男人，很会揣摩别人的心事儿。刚才听刘子珍一句话，他已听出了一种意味来。二弟和小弟离家已经这么长时间了，一直没有捎信儿回来，怎能不叫人焦急？他心中一直牵挂着，可心中的苦又不能对刘子珍说明。他只盼甘州城里的局势快点儿好起来，他们好返城。在城里总比这闭塞的大山里打听讯息方便一些。再说，将母亲一人留在城里家中，他既不放心又深感愧疚。

一时间，三个人都没了声音，连宝宝也不笑闹了。

“哎，大哥大嫂，有件事儿我是说呢还是不说呢！”

刘子珍忽然来了这么一句。她也想改变一下气氛。

“啥事？”叶大和问。

“唉，也没啥事。我也说不上该说不该说……”刘子珍吞吞吐吐。

“子珍，你是信不过你大哥吗？”叶大和逼问一句。

刘子珍顿了一下说：“是这么件事。最近，我发现大平妹有点儿不对劲儿。你们知道，她每天定时出去干什么吗？”

“干什么？”叶大和惊问。

“大平妹每天出去不是到溪边洗衣服吗？”尚秀帘也问道。

“你俩别紧张，是好事啦！”刘子珍神秘地一笑说，“我发现大平和一个名叫康克南的小伙子好上了!”

“有这事?”叶大和缓和了情绪,问道。

“大哥,这也是我看出来的。男女相好嘛,一方有情一方有意,就会越走越近。咱们都是过来人,大哥、大嫂,你们说是不是这个理儿?”

“噢!”叶大和回想起来,那个康克南在他们随崔家姨夫去西大坡种土豆时就出现了,还亲自指点大平播种。后来,也总能见到他。他老爱唱“跑马溜溜的山上”那支歌儿。哦,原来……

“那康克南长啥样儿?人品好吗?咱妈不在身边,当哥当嫂的可要操这心。这可是关乎大平妹的终生大事呀!”尚秀帘有点儿不放心地说。

叶大和停了许久说:“相信大平妹不会看错人。这,大概是她的缘分!”

“对,男大当婚,女大当嫁。咱家大平也该有她自个儿的家了!这是个喜事,回甘州城,让咱妈也享受这添孙又招婿的福气!”刘子珍说。

尚秀帘说:“咱们回城吧,回去后让奶奶给娃儿起名!”

叶大和思考了一会儿,说:“先别急。咱先得打听打听城里的情况,再做决定。”

58

曹珮儿将自己织染的布料铺放在堂屋靠窗的方桌上,从抽屉里拿出剪刀、尺子,想给未曾谋面的小孙子缝制衣服。

看似悠闲的她,心里其实一点儿也不轻松。大儿子一家人有家不能回,客居南山已快半年了。二儿子、小儿子背井离乡,杳无音讯。她曾去赵光祖府上打问,佣人只说赵光祖来信儿没提过这事儿。一个妇道人家,再无处可打听,只好把苦闷憋在肚子里。为了消除心中的郁闷，她织布、缝衣，借以打发时光。

这是一块蓝色带格的布，曹珮儿想用它做一件小夹袄。她在布料上划好线，拿起剪刀想裁剪。

“喂，有人吗？”

院门打开。听得出，进来了好几个人。

曹珮儿急忙走出去。只见李保长领着三个穿制服的男人站在院中，黑沉着脸，看那架势不太对劲！

春天查人头时李保长就来过一回。曹珮儿急忙迎上去，恭敬地礼让道：“李保长，请屋里去坐！”

李保长冷着脸，看了身旁的人一眼。那人上前一步说：“老太婆，你家有三个儿子。就算大儿子去南山种地，那另两个儿子呢？”

曹珮儿倒吸了一口凉气，尽量冷静地答道：“没有，我只有一个儿子，去南山种地了。一到夏天那边忙，我儿媳妇也去了！我在城里看着这个老宅，李保长，您……您是知道的。”

李保长终于说话了：“叶家的，你就别再糊弄人了。这条街上有人说，你有三个儿子！”

“不和她啰嗦了！”穿制服的人说，“限你七天时间，找回你的儿子！七天后回不来，你替他们去坐班房！咱们走！”

李保长回身又说：“快让你儿子回来！你这把老骨头怎么坐班房？”

曹珮儿愣愣地看着他们走了。她主意已定，天大的事儿也由她一人来承担。她突然想起，南山那边传来讯息，叶大和等人打算这几天返城呢！这可怎么办呢？

曹珮儿忽然想到了任玉花。任玉花娘家人就在南山，她和往返于甘州城至南山的马车夫都很熟。赶紧托任玉花给叶大和捎信，最近千万别急着回甘州城！

59

吃过早饭，赵光祖和助手孙茂林各骑一匹马，离开哈密城向东走去。这两年，凭借他在商界的威望和影响，省政府对他委以顾问的名誉头衔，希望他能关注当地的生产发展状况。他打算去哈密城东的农村一趟，看看农情。

“下路”指的是出城后一直连接起各个村庄的乡间土路。这条路一直可延伸到百里外的柳树庄。这会儿，赵光祖和孙茂林已经过了十一二个村庄来到柳树庄地界。

这一路，他们目睹绿油油的麦田，还有一棵棵直立在田边地头的白杨树，心中很是惬意。向南看去，是大片未开垦的处女地，野草丛生。如果有水灌溉，可是取之不尽、用之不竭的广阔粮仓。赵光祖骑在马上，看着，想着，感慨着。

他们终于到了柳树庄。

不远处有两个人正在浇水，一个头戴草帽，另一个戴着维吾尔族小花帽。

赵光祖看不清他们的脸庞，扬声问道：“老乡，在浇水啊？”

“是啊！”头戴小花帽的人起身回应一声。

“这坎儿井的水够浇地吗？”赵光祖关切地问，并走到了跟前。

“哪里够浇啊！前段日子，为浇水还打过架呢！每年浇水，谁都想早浇、多浇！”

“老人家，您这么大岁数了，这活儿应该叫儿子干啊！”赵光祖又说。

“儿子……”

老人嘴唇微微动着，却说不出话来。

这时，头戴草帽的人怔怔地看着赵光祖，忽然快步走过来叫道：“赵叔,怎么是您啊?”

赵光祖一愣,突然也认出对方来了,惊喜地说:“大顺侄子,怎么会是你?”

两人意外相逢,又惊又喜。一阵唏嘘,感叹这命运的巧合。赵光祖的助手孙茂林和维吾尔族老人都看得目瞪口呆。

赵光祖询问叶大顺在上马村分手后的情况。听说至今未找到叶大安,他一阵难受。许久之后,他目光凝重地将叶大顺从头看到脚,说:“你呀,哪里是当农民的料?快跟我一起回城!”

叶大顺断然拒绝了赵光祖的好意。他已对都曼做出承诺,这会儿面对阿尔曼老人,他决不会为了自己的安逸弃他们而去。

叶大顺对赵光祖诉说了阿尔曼大叔一家的遭遇。赵光祖紧握住阿尔曼的手说:“大叔,您多保重!水是农民的命脉,我们和你们一起想办法,一定会解决的!”

太阳已经西斜,赵光祖他们该走了。可是,村民们还把他团团围住。孙茂林大声说:“乡亲们,赵光祖是省政府的顾问。你们的愿望,他一定会带回去的!”

赵光祖同大家告别,同叶大顺告别。之后,他跟孙茂林向拴马的榆树走去。

60

天无绝人之路。

自从在东天山南麓遭土匪抢劫并与邱队长失散后,叶大安在这黑山沟一带生活两个多月了。

那天晚上,他冲着山脚下那缕亮光走去。光亮是从一座毡房里发出的。他掀开毡房的帘子,看到毡房里住着的是一位哈萨克族青年。

青年正抱着一把冬不拉弹唱。看到叶大安,先是惊愕,之后便朝毡房门走来。叶大安惊悸地倒退几步,两人都站在了毡房外。

月亮升起来了。银白的月光照亮大地,也照在两人的身上。哈萨克族青年个头儿较高,浓眉阔脸,皮肤黑红,直愣愣地看着瑟瑟发抖的叶大安,犀利的目光像要看穿他的一切。叶大安心有余悸,看对方虎视眈眈地逼向自己,心中更加害怕,本能地倒退着,坐倒在地。他揣摩不透对方是什么人。

哈萨克青年突然张口生硬地说:“你,起来!”

叶大安撑着身体站起来,深深地鞠了一躬说:“大哥,我是从口里寻亲过来的。可是我走散了,我在这里没有一个熟人。大哥,求求你,收留我吧!”

那青年脸上浮出了一丝笑意说:“牧人最相信的是自己的眼睛,我已看出来了。巴依老爷和有钱人哪会深夜落魄在这荒山中,你也是一个受苦的人吧。我叫叶尔肯,今晚,你就住在我的毡房里吧!”

于是,叶大安在黑山沟叶尔肯的毡房里踏踏实实睡了一觉。

但是,接下来的日子并不顺利。第二天,叶大安发起高烧。叶尔肯烧好奶茶,发现叶大安昏睡不醒。伸手一摸,额头烫得惊人,他赶紧拧湿毛巾,敷在叶大安额头上降温。

太阳西斜的时候,叶大安醒了。叶尔肯给他喝奶茶吃馕,他终于可以站起来走走了。

叶尔肯的家在山北镇西的郊区。他的大大、阿帕一直给巴依当雇工。去年冬天,大大为了替巴依还债去深山砍柴卖钱,不幸摔死。叶尔肯承受着巨大的打击,赶着马群到山南牧场放牧。他来到这里已经两个多月了。

叶大安和叶尔肯相处得越来越好。白天,他们一块儿出去放马,在草原上看蓝天白云,看巍巍天山。傍晚,扬鞭赶马回圈。日子就这么一天天过去了。

叶尔肯说,秋天快来了,离回家的时间不远了。

叶大安听得出,叶尔肯十分想念他的阿帕。

61

转眼已到九月。

这些天,叶大和心中烦闷。两个弟弟为躲兵役去了新疆,半年不见音讯。身为家中长子,却把母亲留在城里看守家门,自己在南山活得悠闲轻松。听说甘州城里逐渐太平,本想打道回城,却突然收到母亲传来的讯息:切莫回城! 让他的计划落空。

刘子珍把叶大和的心事看得清楚,知道他要去西大坡的地里干活儿,便挎了一个菜篮子跟着出了院门。

走到西大坡时,刘子珍大声喊:“大哥,你停停!”

叶大和停下脚步,看到是刘子珍。

刘子珍说:“大哥,我想跟你说会儿话!”

“哦,”叶大和问:“子珍,你有啥事儿?”

刘子珍叹了一口气说:“大哥,我知道你心里烦。咱妈一人在城里,可咋办啊?”

“唉,是啊!”叶大和长叹一口气。

刘子珍认真地说:“大哥,你不能回城,我可以回城。我就是想跟你商量,我要回城!”

“你要回城?”叶大和惊诧地问。

“是!”刘子珍答。

“可是,城里兵慌马乱,兵痞子们无恶不做……”

“我可以女扮男装!”刘子珍说。

一听刘子珍的口气，叶大和就知道这是子珍在心中酝酿好的事儿。他一直佩服刘子珍的刚强。二弟走后，她不但能暗暗扛住，还极力为这个风雨飘摇的家操心。可是，让她回城，妥当吗？

“大哥，这事就这么定了！我已打听到了前山老张家的马车要去城里，我搭他家的车回去！”刘子珍坚定地说。

“可是……”

这时康克南从远处走来，嘴里唱着“跑马溜溜的山上……”

刘子珍笑了，说：“看，又来找大平了！”

叶大和站在那儿，显得有点尴尬。

“大哥，我去摘菜了！”

刘子珍朝菜地走去。

62

刘子珍回到城里时，天已黑了。

马车到德胜大街，她付了车钱，转身朝东街走去。

暮色下的德胜街，行人寥寥无几。刘子珍按了按头上戴着的男式帽，又拽了拽对襟的男式蓝布衣，微微躬身，往前走去。

熟悉的路越走越近，不一会儿就到了叶家大院门前。她稳稳神，回头四下望望。没什么异常，她伸手叩响门环。

院里不见动静。

刘子珍停了片刻，又伸手叩响门，声音大了点儿。

传来脚步声。是婆婆曹珮儿的小脚踩着地面发出的声音。

“谁呀？”

刘子珍急忙将嘴巴对在门缝儿上，小声回答说：“妈，是我，子珍！”

“子珍？”曹珮儿似乎没有听清。

“妈，你快开门，我是子珍！”刘子珍声音大点儿说。

“啊，子珍，你回来啦？”曹珮儿惊喜地问道，随即拉开门闩。

刘子珍急忙进到院里，插好门闩。

“子珍，子珍！”曹珮儿惊喜交集，“咦，咋就你一人？他们没事儿吧？”

刘子珍扶着曹珮儿说：“他们都没事儿。妈，咱先进屋，慢慢说吧！”

进屋后，曹珮儿才看清刘子珍的打扮。她又高兴又惊诧，跟前跟后，一时不知道说什么好。

刘子珍取下帽子，脱掉男式对襟衫，她回身面对婆婆。这半年未见，婆婆老了许多，走路也没有原先那么利索了。刘子珍一阵难受，顺势坐在婆母的床头。

曹珮儿倒稳妥了下来，为刘子珍倒了一茶缸热水，坐在对面的木椅上说：“子珍，你就实话对我说，那边有啥事儿没？”

刘子珍听出婆婆还在犯疑，就喝下一口水，缓缓地说：“妈呀，你咋就不相信我呢？没事儿就是没事儿，我能骗你不成？秀帘嫂子一到南山，就生了个胖儿子，盼着早一天回到城里，让奶奶给起名字呢！大哥一直也忙，帮着崔家姨夫种地、浇水、锄草，心里总惦记着您老人家，盼着尽早回城。您托人带信，叫他切莫急着回城！这不，就我回来了！”

听刘子珍这么一说，曹珮儿实实在在地放心了。

停顿了一会儿，曹珮儿又问：“那，大平，她怎么样呢？”

“她呀，好得很！”刘子珍冲口说。她本想说说大平和康克南的事儿，又觉得为时尚早。于是改口说：“大平每天给小侄儿到溪边洗衣服，可操心呢！真是个好姑姑！”

曹珮儿听着，心中很高兴。可这话又似乎触起她的愁绪，忽然长叹一声。

刘子珍似乎知道婆婆又想起了什么。其实，她这趟回甘州，心中有一个打算。如果还打探不到叶大顺的消息，她准备去新疆找他，弄清楚丈夫到底是死了还是活着。可是，她觉得此刻对婆母说这事儿有点儿欠妥。于是，她打着哈欠说："妈，咱们睡觉吧，我困了！"

曹珮儿起身，说要到厨房给子珍做饭吃，却听到了子珍的鼾声。她实在是太累了。曹佩儿扯开薄被单，轻轻地盖在刘子珍身上。

63

一连几天，刘子珍都是清晨出门，天黑了才回来。曹珮儿有点儿纳闷儿，问子珍出去干什么？子珍说她出去走走，想找个活儿干。实际上，她到赵光祖府上去了。她去几次都吃了闭门羹。今天，她又来了。

当她走近赵府大门时，发现今天门没上锁，赶紧敲响了门。

开门的是赵光祖的一位亲戚，二十四五岁的男雇工赵三。这两年赵光祖不常回老家，就把这老宅托付给亲戚看管。

赵三问她有啥事儿？刘子珍告诉他，她来是想通过赵光祖打听叶大顺、叶大安的下落。他告诉刘子珍，赵光祖曾带回来信儿，只谈生意上的事儿，没提叶大顺、叶大安。

刘子珍有点儿失望，便说想去新疆寻夫。她向赵三打问，可知道有去新疆的马车。

赵三是个心善之人，见刘子珍年纪轻轻却因思夫容颜憔悴，又如此执拗重情，心中感动。他说后街郑明家的马车最近要去新疆。

刘子珍急问郑家的住址。

赵三给刘子珍说了郑家的地址，回屋拿出一个信封交给刘子珍。说上面有赵光祖在新疆哈密的住址，也许有用。

刘子珍接过信封，折叠好装进自己的衣兜。

64

刘子珍找到了后街的郑家。

这是一个不大的院落。院里只有坐北朝南的三间平房,但院子很大。

大概听到有人进了院子,一个三十多岁的男人从正屋的门里走出来,不客气地问:“你找谁?”

刘子珍急忙说:“请问,您就是郑明吧? 是赵光祖会长家的赵三,让我来找您的……”

郑明脸上露出不悦说:“赵三? 他,他让你来找我干啥?”

“是这么回事儿,郑大哥,我想和你们一起去新疆。”刘子珍把前因后果讲了一遍,请他捎上自己坐他家的马车去塞外,并说明会付给酬金。

郑明大大咧咧地说:“噢,你要坐我的马车到新疆找你男人去? 那刚好,这趟只我一个人,你来坐车还是个伴儿! 可是,你一个女人家,过关口、卡子的,人家会查的!”

刘子珍忙说:“郑大哥,我装扮成男人,该行吧?”

“那,那就按你说的办吧! 明早天亮之前出城,你记着赶来!”

“好! 好!”

刘子珍没想到事情这么顺利。她说:“郑大哥,明早来时我给你酬金!”

“酬金?”郑明说,“用不着那么着急。走一趟西口,需要很多天,难道我还怕你半路跑了不成? 你倒是记着,明早别误了时间!”

“不会的! 郑大哥,我走了!”

刘子珍出了郑明的院门。

65

当刘子珍兴冲冲地剪了头发之后，心里反倒沉重起来。她觉得很难开口对婆婆说这事，但又不得不说。

这次回来见到婆婆，总有一种难以言说的感情。看来，自己是无法照顾到老人，那就为她眼前的生活做点儿准备吧！于是，她买了些麦子磨成面粉，足以让婆婆吃上一段日子。

到家后她发现婆婆正在揉面，就将手中的面袋放在一旁的台面上。

“呀，子珍，你磨面啦?”婆婆扭头看一眼说。

刘子珍说：“妈，这些面够您吃一段时间了。”

“嗯。”曹珮儿不经意地应一声，突然怔怔地看着刘子珍的头发说，“哟，子珍，你咋把头发剃这么短？像个假小子！”

刘子珍笑笑，说：“天太热了，剃短了凉快！”

夜幕降下来时，她坐在婆婆旁边。

“妈，跟您说件事儿！”刘子珍终于开口了。

“啥事?”曹珮儿一脸茫然。

“我要去口外，去哈密！”

曹珮儿脸色凝重，什么话也没说。

刘子珍也沉默着。

许久，曹珮儿问道：“你怎么去?”

刘子珍这才把这两天自己找赵三，又找到后街的郑明，以及明早就走的事说了一遍。

曹珮儿长久地无语。最后，她一下子站起身说：“我去烙饼！”

刘子珍眼里噙满了泪水，阻止婆婆说：“妈，我自个儿来！”

66

自从十几天前赵光祖以当地新政府顾问的身份来柳树庄考察之后,叶大顺受到的影响很大。从赵光祖身上,叶大顺开始反省自己——人,来到这世界上,究竟该干些什么?仅仅为自己和家人活着,去赚钱,满足生存的需要。然后,继续拼力赚钱,让生活变得更好。这样做,就够了吗?叶大顺逐渐从一种消极的处世状态中清醒过来。他觉得身为男儿,即便未能血洒疆场、保家卫国,也该做些力所能及的利国利民的事情,才能配得上做人。所以,他每天帮阿尔曼一家干完农活后,还为村民们干一些具体的事儿,比如理发、代写书信、教孩子们写汉字、打算盘。渐渐地,叶大顺的名字在柳树庄传开了,都说他是个大能人。

他躺在床板上,有件事一直让他难下决心——究竟要不要给老家写一封信?写吧,三弟大安的事儿怎么写?不写吧,于心不忍。已大半年了,母亲怎么样了?妻子子珍还好吗?大嫂早已生孩子了吧?还有大平妹……

"叶叔叔!叶叔叔!"

突然,都曼推门进来。

叶大顺坐起来,问:"都曼,怎么了?"

"叶叔叔,我妈妈不见了!"都曼带着哭腔说。

外面天色已沉,叶大顺急忙穿衣系扣,问:"都曼,阿帕出去了多长时间?"

"我,我也不知道。"都曼说,"我睡着了。一醒来,就不见了妈妈,就来找你了!"

"好都曼,别急!"叶大顺穿好衣服,抚摸了一下都曼的肩膀。他猜想,阿依夏木一定又去北戈壁赛吾列提的坟上了。

“都曼，走，我们去找你妈妈！”叶大顺牵着都曼的手出了门。

月悬高空，银光洒向大地，把一切照得分明。走出村庄，经过涝坝，沿着明渠，叶大顺和都曼一直向北走去。

终于，他们到了垅口。向东北方的坟茔地望去，果然看到人影，而且听到了忧伤的歌声。

“是妈妈！ 妈妈在唱！”都曼大声说。他想挣脱叶大顺的手，向那边跑。

叶大顺一下子拽紧都曼的手说：”都曼，别，让你妈妈唱。你妈妈是唱给你爸爸听的，让她唱完。”

都曼站住了，嘴里重复说：“妈妈是唱给爸爸听的……”

歌声终于停了。

“妈妈！”都曼大声喊道。

阿依夏木回头望过来。

月光下，阿依夏木看到了叶大顺陪着都曼。

“走，回家去！”阿依夏木说。

夜色中，三个人一起向村庄走去。

67

刘子珍搭乘郑明的马车走西口，已过了三天。一路上昼行夜宿，郑明很少和她说话。白天时，郑明总是坐在车辕后的横板上，策马赶路。刘子珍坐在车的后部，由马拉着前行。她换上了从南山回来时穿的那件男式对襟蓝衫，头上戴男式帽。车上装着一箱一箱的货，也有用袋子包着的。她躺卧在两个袋子的中间，前面再横放着一个纸箱。不特别留心的话，是看不见车里还有一个人的。

晌午，快进入酒泉地界，郑明将马车赶上一个岔道口。

村庄渐渐多了起来。再往前走，发现人很多，而且都是身穿黄色军服的人！正北的大道上，兵士威武整齐，还传来他们雄壮激昂的口号声："奋勇前进，进军新疆，革命到底！"

"啊！解放军要进新疆了！"郑明兴奋地大喊。

刘子珍推开货箱，朝北边的大路望去。

战车列队前行，看不见头。车后是列队行进的官兵。

刘子珍深居甘州南山，对外界的事知道得不多。但解放军大部队开进大西北，向新疆进发，一定是大局已定。

酒泉城里老百姓群情激奋，郑明一扬长鞭，马车改道，向酒泉市区赶来。

沿街站满群众，人人欢呼雀跃，提着水壶给行色匆匆的官兵倒水。还有人拿着水果食物等要给子弟兵。

"同志们，别掉队，我们已进酒泉城！王震将军带领着兄弟部队，在前面等着我们！为了新疆，同志们，加油！"

指挥员沿途鼓舞着士气。兵士们呼应："进军新疆！加油！"

郑明赶着马车绕回南道。刘子珍感到这趟新疆之行顺风顺水，还能和进疆解放军同行。

68

叶大和提着包裹，尚秀帘怀抱着孩子，从崔家姨夫家的大院走出来。

在这里，他们从春住到了秋。此刻，他们要回甘州城里了。

崔家姨夫和姨妈紧跟着出来相送。崔家姨妈贴近尚秀帘身旁，拉着孩子的小手难舍难分。崔家姨夫说，孩子还会再来的。他还逗孩子说，下次来时一定要带上你的曹珮儿奶奶。两位老人危难时伸出援助之手收留他们一家人渡过难关，叶大和对此感激不尽。他们邀请两位老人一同去城里。老人说，现在城里有了共产党领导，要解放了。新中国成立了，他们一定出去转一转。不光去甘州城，还要去北平。

老人的话逗得大家开心大笑。这次，叶大和终于可以稳稳妥妥地回城了。

院门外，康克南已套好大骡车等着。叶大平出来得早，正在打理车上的帷帐和坐垫。这次，康克南主动送叶大和他们回城，他要见见未曾谋面的曹珮儿，得到她的认可，并想尽快确定良辰吉日，与他心爱的姑娘成亲。这些，都是他与叶大平私下商量好的。一家人在马车上坐定。

康克南大声说："都坐好喽，出发！"

"姨妈、姨夫，再见！"

"再见！"

两位老人看着马车朝山外驰去，还在挥手。

69

刘子珍已走了好多天，不知一路顺利不？一个年轻女子出门，可让人揪心啊！

曹珮儿给观世音娘娘上过香，又来到院子里。她扫扫地，又抹抹桌子，无精打采地坐在院里的椅子上。

忽然，外面传来一阵锣鼓声。

曹珮儿感到奇怪，已经有太长时间没听到锣鼓声了。战乱不断，人人不得安宁，谁还有心思敲锣打鼓、唱歌跳舞啊？可是，这会儿她分明听到了敲锣打鼓的热闹声。

她一下站起身，想出去看个究竟。

这时，任玉花推门进来了，探头说道："曹姐姐，你咋还窝在家里呢？

快出来看看，北平传来消息，新中国成立了！这会儿满大街都是人，在敲锣打鼓庆贺呢！”

街上，人潮涌动。曹琍儿快六十岁了，第一次见到如此祥和、热闹的盛况。只见街道两边站着人，秧歌队由远而近穿行在大街上。秧歌队过去后，高跷队到了。踩高跷的小伙子们身穿白衣绿裤，头上扎着白毛巾。随着锣鼓的节奏，他们挥甩着胳膊，摇动着脑袋，脚下踩着高跷，一步一步向前走着。他们的脸上化了妆，红红的脸盘，浓黑的眉毛，尽显兴奋之情。

曹琍儿明显感到世道变了！女秧歌队里有一个她认识的年轻媳妇，平日里男人蹬三轮车，她在街角卖菜。可是今天，她却这么风光。

曹琍儿扭头想跟任玉花说话，任玉花已来到了前面站着：“曹姐姐，快来！多喜庆的事儿！”

曹琍儿忽然想起来，刚才出门时只顾高兴，却忘了锁门。

“我去锁门！”她大声对任玉花说。

70

“妈！妈！”

曹琍儿正要锁门，忽听身后有人在喊她，一辆马车停在了门口。

仔细看去，只见长子叶大和站在面前。

“啊，大和啊，你可回来了！”她怔怔地看着叶大和。

“妈，你还好吧？你瞧，他们都回来啦！”叶大和指着身后说。

“妈！”

叶大平跳下车。尚秀帘也从车上下来了。大家把曹琍儿团团围住。

“秀帘、大平，你们可都回来了！”曹琍儿高兴地说。

“妈，我们都回来了！”叶大平说着，抱起怀中的孩子说，“妈，看，这是您的孙子！”

曹珮儿赶忙抱过孩子说：“呀，乖宝宝，真稀罕！你叫啥名儿呢？”

“妈，就等着您给起名呢！”尚秀帘喜滋滋地说。

曹珮儿思忖后，说：“那咱就借国家喜气儿，叫建国吧！”

“建国？好啊！”叶大平拍手叫起来。

“好，叶建国！这名字好！”尚秀帘也称赞。

“哦，今儿真是黄道吉日啊！第一喜，是国家大喜。中国解放了，百姓团圆了。第二喜，是咱叶家之喜。从今往后，叶家三代同堂，后继有人！”曹珮儿沉浸在幸福之中。

“妈，还有一喜呢！”叶大和说。

“还有啥？”曹珮儿疑惑地看向叶大和。

叶大和把康克南推到了前面，郑重地对曹珮儿说：“妈，这儿还有一位尊贵的客人呢！”

康克南赶紧向曹珮儿鞠躬。他一时不知道该怎么称呼曹珮儿，情急之下，便叫了一声：“干妈！”

叶大平挤过来，有点儿羞涩地说：“妈，他叫康克南。在南山，除了崔家姨夫和姨妈外，就是他对我们最好……”

看叶大平吞吞吐吐，尚秀帘急插一句说：“妈，您就过过眼，看这小伙子当咱家姑爷，您中意不？”

“姑爷？”曹珮儿一愣。再看一眼面生红云、神情羞涩的女儿大平，恍然明白了。她将眼光回到康克南身上，从上到下重新打量一番后笑着说：“嘿，今儿个真喜庆，这叫三喜临门。快，都进屋！都进屋！”

叶大平偷偷捏了一下康克南的手，小声说：“通过了！”

康克南也说：“嗯，咱妈通过了！”

71

最近,叶大顺明显感觉到村民们对自己的态度有了变化。之前,除了阿尔曼一家外,另外几家维吾尔族村民对自己总是持一种怀疑的态度,在自己主动为他们做些理发之类的小事儿后,大家看他的眼神柔和了。可有个人却对自己越来越冷淡。

这个人是瓦尔江。

瓦尔江家住在村西头,家中有父母和一个妹妹。瓦尔江年纪不小了,却至今未婚。瓦尔江身板粗壮,四方脸盘,浓眉大眼。听村里人说,之前,人们都称瓦尔江和赛吾列提是柳树庄的两匹骏马。虽然他们的长相略有不同,一胖一瘦,但个子都高。更主要的是他俩相处得很好。

这天,叶大顺买了些铅笔、作业本,想教都曼和其他孩子们学习。

叶大顺突然听到从不远处的沙枣树林里传来一阵歌声。叶大顺发现唱歌的正是瓦尔江!他斜倚在一棵沙枣树上,面向南方唱着一首维吾尔族情歌。叶大顺知道,在沙枣树林的边缘,正是阿尔曼大叔家的菜地。每天这个时候,阿依夏木总会到菜地拔草摘菜。瓦尔江在这个时候来到这里,还放开歌喉唱情歌,分明是在追求阿依夏木。

叶大顺忽然悟道,赛吾列提活着时,瓦尔江和自己还能正常相处。赛吾列提去世后,瓦尔江却变了。这原因也许是因为阿依夏木。试想,瓦尔江心中早已装着阿依夏木,当然会对叶大顺存着戒心了!谁让他与阿尔曼一家人走得那么近呢!爱情是自私的,尽管他和阿依夏木相处得坦坦荡荡,但可能会引起一些人的猜忌。

此时,叶大顺非常想念妻子刘子珍。

72

赵光祖急忙走出宅院，朝老城区的商会走去。

这几天，城里的人听说中国共产党中央委员会进驻北平的消息，觉得即将有大喜事降临到新疆，降临到哈密。哈密城接到指令，解放军已进入新疆东大门，要做好欢迎解放军的各项工作。

赵光祖投身社会公益事务的活动越来越多，而属于他个人的时间越来越少。半年前，他已将商铺转让给别人，一门心思忙公务。他的脚步不仅限于哈密城区，还涉足镇西。

镇西自汉唐以来就是丝绸之路上的交通要道，商业发达，经济繁荣。他听到爱国实业家朱炳的事迹。抗战时期，镇西人朱炳创建了新绥运输公司，用340辆卡车和5000匹驿马、3500头骆驼、2000辆胶轮大车转运苏联援华物资，支援抗战。自己又有何为？从父亲手中接过这份家业时，他还年轻，以为经商之道只是为了家族的繁荣。抗日战争爆发，使他发觉自己以前对从商之道的看法是多么狭隘。他渐渐意识到要走商业救国之路，所以从甘州做到哈密，履行着自己的诺言。随着眼界不断开阔、格局不断拓展，他发觉跟着中国共产党，去建设崭新的中国，是每个人最大的义务和责任。

赵光祖走到老城区工商会所附近，认识他的人们呼啦啦一下子围过来，七嘴八舌问的都是怎么迎接解放军进驻哈密的事儿。

“乡亲们，大家听我说！”赵光祖大声说，“迎接解放军进哈密，这是我们哈密的福气。但是，我们要有组织、守纪律，要让解放军看到哈密人民和全国其他地方的人民一样热爱共产党，欢迎解放军！大家说，对不对？”

这时，孙茂林走了过来。

“你来得正好！”赵光祖说，“你立刻骑马去柳树庄找叶大顺，就说我有要紧的事儿请他来哈密城！”

“就是春天浇水时我们在柳树庄见到的那个叶大顺吗？”孙茂林问。

“就是他，你快去吧！”赵光祖说。

“好！”孙茂林答应一声，转身走到一棵树旁解马缰绳。

“喂，你得走下路。上路正赶上解放军进城，你出不去！”赵光祖大声对孙茂林说。

“好咧！”孙茂林打马而去。

大批群众开始走动，赵光祖赶紧朝前赶去。

73

清早，李生亮赶到麦场帮阿尔曼家打场。

打场一般分三步走。第一步将一捆捆风干了的麦穗平摊在场子上，让马拉石磙在麦场上不停地转圈碾压，让麦粒裸露出来。第二步将麦秆除去，场上只剩下麦粒儿和糠皮。第三步清除糠皮。这得在有轻风的时节才好完成。这道工序叫扬场。人手握木锨，站在混杂着糠皮的麦粒堆旁，趁着有风的时间，一锨一锨将带糠皮的麦粒儿高高扬起。糠皮被风吹走了，而麦粒干干净净地垂直掉落在场地上。农民辛苦一年，春种、夏作、秋收，最开心的就是这个时候。

阿尔曼手牵着大马在场地上转了好多圈。李生亮进场，同阿尔曼一起，将长长的麦秆抱到场外去。

这时，叶大顺也来了。

“嗨，年轻人睡不醒，你来晚了！”李生亮笑道。

李生亮在那次挖坎儿井的事故中幸免于难，但留下了难以愈合的腿伤，走路一瘸一拐的。

叶大顺敬重这位同乡大叔。他拎起一把大扫帚，把散落的麦粒扫在一起。

阿尔曼慈祥地看着叶大顺，转脸对李生亮说："不，小伙子亚克西！他本是空中的一只飞燕，却落地成了鸡。世事不公啊！"

叶大顺被夸，不知道说什么好。他抡起木锨，铲一锨带糠皮的麦粒，高高地扬向空中。

麦粒和糠皮散落下来虽然分了家，但叶大顺身上也落了不少糠皮。

李生亮哈哈大笑起来说："你呀，扬场扬场。看，把你自个儿也扬进去啦！"

叶大顺尴尬地站在那儿，阿尔曼过来为他拍打身上的糠皮。

"看我！"李生亮接过叶大顺手中的木锨，铲了满满一锨糠麦。他背朝东，面向西，高高地扬起。只见麦粒儿垂直落地，糠皮被吹出去一米多远。

"扬场时，人一定要背对着风向。要不，麦屑全落在自己身上了。"李生亮说。

"来，都过来喝奶茶！"努尔兰提着奶茶壶走来，另一只手拿着几个茶碗。

三个人走过去。努尔兰忙着倒奶茶给大家喝。

叶大顺一抬头，发现瓦尔江站在不远处，手里拿着木锨、扫把等打场工具。

阿尔曼大声喊道："瓦尔江，你过来！"

但是，瓦尔江却扭头走了。

努尔兰不解地说："阿依夏木说瓦尔江要来帮着打场。咦，他怎么走了呢？"

叶大顺心中很不是滋味。

这时，村南路口赶来一个骑马的人。

叶大顺看出,来人是赵光祖的助手孙茂林。他本能地感觉到,孙茂林是冲他来的。于是,他起身朝前走去。

孙茂林也看到他,一跃下马说:“赵会长让我来接你回城!他说有要紧的事找你!”

“要紧的事儿?”叶大顺不解地说。

“上马吧!”孙茂林催促道。

74

刘子珍终于坐上了通往哈密城的马车。

那天,坐着郑明的马车到哈密地界。郑明停下马车对她说,他要去伊吾,不去哈密。她只得下车。这个小站叫芨芨台,她在这里的小旅馆住了三天,终于坐上了一辆马车,心里很高兴。

不知过了多长时间,马车夫大声喊:“喂,都醒醒,快到哈密城了!”

抬眼看去,车道两旁有排白杨树,紧挨着的是一片片已被收割的麦地。村头大柳树居多,树下有人说话、乘凉。

进入城区。在一家客栈门前,刘子珍给车主付钱后,朝城东方向走去。因为解放军是从东边来的,这些坐马车来的人都是为了看解放军才进城的。

刘子珍被裹挟在人流中,手里捏着一张纸条,上面有赵光祖的地址。哈密是她此行的目的地。也许,很快就能见到朝思暮想的叶大顺了,她因此而兴奋。

来到哈密城东城门。越往前走,人越多。人们互相说着:“解放军来了,解放军来了!”

她终于看到了解放军。同在酒泉时看到的一样,他们排着队,个个英武神气,不停地向群众招手示意,面带微笑。部队在交叉路口改方向向南走去。有人说，那边是哈密城的一大片空地，解放军在那里驻扎。

在部队拐弯的街边，搭有临时凉棚。凉棚底下是当地的政府官员。他们拍手欢迎解放军。突然，刘子珍看到了赵光祖，大喊起来："赵叔！赵光祖叔！"

赵光祖似乎听到了喊声，他扭过头来望着这边的人群。

"赵叔！赵光祖叔！"刘子珍已靠近。

赵光祖猛然盯着刘子珍，惊愕地问："你找谁？"

"我找叶大顺！"刘子珍赶紧说，"我是从甘州来的！"

"哦，我想起来了！"赵光祖语气肯定地说。他停顿了一下又说："这会儿没法跟你说话。这么着，你一直盯着我，可别挤丢了！等有空跟你说！"

"好！"

刘子珍爽声答应着，站在离赵光祖不远的地方。

"欢迎欢迎，热烈欢迎！"群众的欢呼声不断。

又一队解放军走来了。

75

叶大顺和孙茂林从柳树庄赶回哈密时已是黄昏，大街上没有了白天迎接解放军进城时的热闹场景，但仍可从零散的行人脸上看到喜悦和欢欣。路边的树叶被晚风吹拂着轻轻摇动，头顶上能听到小鸟的叫声。

叶大顺兴趣盎然地看看这边，又看看那边，不时发出赞叹。孙茂林将马拴在商会院里，对叶大顺说："兄弟，进！这会儿赵会长一定还在这里！"

叶大顺看到院子很大，楼阁屋宇很讲究。他随着孙茂林走了进去。

孙茂林引着叶大顺朝商会大厅走去。推开门一看，赵光祖和哈密城不少商界的人物都在这里。

“喂，大孙，快进来！叶大顺接来了吗？”赵光祖起身问道。

孙茂林闪身将叶大顺推在前面说：“这不？”

赵光祖急忙离开座位走过来，亲切地拍拍叶大顺，扭头对屋里的人说：“诸位先聊，我出去一会儿。”

站定之后，赵光祖并没对叶大顺说什么，却安顿孙茂林先带他找餐馆吃饭，然后领叶大顺去穿心巷自己原先的住所休息，正事儿待一两天后再谈。孙茂林向赵光祖要钥匙，赵光祖却说，那屋里已住进了一个人，去后只管敲门就是。

赵光祖交代完又回到商会大厅。叶大顺有点儿云里雾里的，不知赵光祖这葫芦里卖的什么药，只好随孙茂林找寻餐馆吃饭。

顺街走了一会儿，看到一家羊肉泡馍店，孙茂林便招呼叶大顺走进去。

两人都饿了，坐下一会儿，店家便端来了两大碗冒着热气的羊肉汤，还拿来两张饼。

吃完饭，孙茂林急着付了钱。叶大顺过意不去，孙茂林说：“以后你再请我吃，这会儿我们去穿心巷！”

76

进巷子走了不久，在一家门前，孙茂林停下来敲门。

没人开门，却看到屋里有亮光。孙茂林又敲，隔了一会儿，有人从屋里来到院门前。

“开门！”孙茂林大声喊。

“你是谁？”从院里传出一个女人的声音。

“怎么住了个女人？”孙茂林转向叶大顺说。

叶大顺也感觉有点蹊跷。

“你是谁?”孙茂林反问道。

对方不答话了,似乎在加固院门。之后,站得远了点儿。

孙茂林平静了一会儿,缓和语气说:“我是赵光祖的副手。你先开门,是赵会长让我带一个人来这里住宿的。”

对方不再出声。听得出,她在翻找什么东西。

“你再不开门,我可要砸门了!”孙茂林威胁说。

冷静了片刻,门从里边缓缓地开了一条缝儿。

孙茂林紧扣门板挤进院子。一个女子手握木棍,站在院中。

十月的天气,月亮在半空照耀着一切。

叶大顺突然蒙了,这不是自己的妻子刘子珍吗? 可是,她怎么会在这里? 是自己看花眼了吧?

叶大顺再看过去,这个紧握木棍,怒对孙茂林的人确实是刘子珍!

“子珍!”叶大顺再不犹豫了,大步跨进院中。

女人转过头来,怔怔地看着叶大顺。突然,她扔了木棍,向叶大顺扑来。

“顺子哥!”女人紧紧地抱住叶大顺。

“咦,这到底是咋回事儿? 你俩认识啊?”孙茂林惊奇地问。

“孙大哥,她是我媳妇!”叶大顺说。

看两人相依相偎的样子,孙茂林说:“敢情这是赵会长特意安排的鹊桥会啊! 哈哈,你俩好好聚吧,我走了!”

叶大顺关好院门,猛然将刘子珍拥抱在怀里,动情地说:“子珍,我不是在做梦吧?”

“不是梦。”刘子珍将脸紧贴在丈夫胸口,喃喃地说。

月光照着他们,两人久久都不松手。

终于,叶大顺问:“子珍,你怎么来这里的啊?”

刘子珍平静下来,将这大半年老家的情况一一讲给叶大顺。

“妈还好吗?”叶大顺问。

刘子珍缓缓地抬起头说:“咱妈一直牵挂着你和大安,人瘦了一圈。对了,我答应妈,到哈密如果找到了你,立马给她去信!”

两人手牵手进了屋。

77

瓦尔江从自家院里出来,手拿扫把、木锨。他一直朝东南方向走着,要去打麦场。小路北边是村庄,南边是各家的田地。这个季节,各家的麦子都已收割,看到的只是一片麦茬地。靠近小路的地头上长着不同的蔬菜、向日葵、哈密瓜、西瓜。

瓦尔江要帮阿尔曼家打场。最近,他对叶大顺有一种本能的反感,这里面的缘由,只有他自己知道。

瓦尔江前一天看到,叶大顺被一个骑马的人带走了。

清晨的凉风徐徐刮着,正是扬麦的好天气。瓦尔江走近时,只见阿尔曼和李生亮已将糙麦扬得差不多了,一大堆干净饱满的麦粒堆在他们脚旁。努尔兰握着一个大筛子,在筛除麦糠。

“嗨,小伙子,你来得真巧!”李生亮大声说,“这麦子都收拾好了,就等装袋往回拿。可我们都抱不到车上!”

瓦尔江走过去,提着袋口开始装麦子,大家都因一年辛劳之后的收获而高兴。

阿依夏木赶着马车来了,都曼跟在身边。瓦尔江迎过去,从阿依夏木手中接过缰绳。马车来到麦场。

瓦尔江转身去抱麻袋,挣红了脸,也未抱起来。阿依夏木急忙凑过去,蹲下身,两人将麻袋抬起来,放在车上。

“叶叔叔要是在,跟瓦尔江叔叔一起抬,就不用我阿帕了!”都曼说。

“叶叔叔去城里了。解放军叔叔进新疆，叶叔叔去忙大事儿了！”李生亮说。

“我也要去见解放军！”都曼大声说。

瓦尔江走过来说：“都曼，把麦子运回家，我们也进城去见解放军！”

“好！好！”都曼高兴得直跳。

“瓦尔江，你一个人带都曼去，我不放心呢！”阿依夏木说。

“那，阿依夏木，你也去！”瓦尔江笑着征询阿依夏木的意见。

“可是……”阿依夏木为难地将目光投向阿尔曼和努尔兰。

“孩子，你去吧！这半年来你过得很苦。人不能总在忧伤中活着。去吧，阿帕希望你快活起来！”努尔兰说。

阿尔曼也说：“阿依夏木，如今，新疆就要和平解放了，我们都要高兴起来。你阿帕说得对，我们都愿意看到以前那个像百灵鸟一样的你。快乐起来吧，我们都快乐起来吧！”

阿依夏木眼含泪花，深深地躬下身说：“阿帕、达达，阿依夏木永远是你们的孩子！”

看到这一幕，一旁的李生亮也感动得流下了泪。

都曼等不及了，说：“瓦尔江叔叔，快回家卸麦子，卸了麦子你就带我和阿帕去城里，不许变噢！”

“走，赶快回家卸粮。之后，我们进城去看解放军！”瓦尔江说完，一甩鞭子，赶马车出了麦场。

都曼、阿依夏木紧跟在车后。

阿尔曼、努尔兰看着马车走远，脸上满是欣慰。

78

一连三天，叶大顺和刘子珍都过得紧张而快乐。每天清晨，他们都在穿心巷的这两间土坯房里做早饭。赵光祖用的锅碗瓢盆都还在,刘子珍把它们清洗之后又派上了用场。院里东墙根下有一个土灶,叶大顺将烟囱捅开,烧火一试,火还挺旺。这一切,仿佛都是为他俩准备好的一样。踏黄沙,忍饥渴,千里坎坷圆梦在哈密。虽然清贫,但只要和相爱的人在一起,就知足了。哈密,成了他们第二个家。

此时,刘子珍端了一盆清水进屋,想擦洗窗户。叶大顺穿好衣服说:"子珍,这些活儿先放一放。今天还有解放军进疆,赵叔昨晚特意交待,要咱俩今天早点儿去!"

刘子珍恍然记起,昨晚最后迎进一批解放军,已到了月明星稀时分。部队去了宿营地,群众各自回家。赵光祖走过来,向这些积极分子安排了第二天的工作。

刘子珍赶紧放下水盆,收拾停当。

夫妻二人到了十字路口,再朝东北方向拐去。那里是解放军进哈密的东北街口。

这里的人已多起来了。他俩到后不久,就见解放军开进来了。真是朝气蓬勃、英姿飒爽的部队。欢呼的群众,激动的面孔。突然,有的市民挤进前去,想请士兵去自己家里住宿。一时间,人群有点骚动。这是军民鱼水情的一种表现,队伍里、街边上,人人都是浓浓深情。

一位高个头军官模样的解放军走出队列,大声对群众喊话:"乡亲们,谢谢你们的好意!我们要去前边的驻地,不能住到群众家中!但我们的心在一起,永远是一家人!"

军官一转身,忽然两手打拍子,唱道:"革命军人个个要牢记,预备:唱!"

"革命军人个个要牢记,三大纪律八项注意。第一一切行动听指挥,步调一致才能得胜利。第二不拿群众一针线,群众对我拥护又喜欢。第三……"

歌声在哈密城上空回荡，给古老的小城增添了一种全新的气象。

刘子珍紧拉着叶大顺的手，感慨地说："顺子哥，真没想到，我们赶上了好时代！"

"是，是，全中国人都赶上了好时代！子珍，我在想，老家甘州城里也是这么祥和热闹吧！"

"叶叔叔！叶叔叔！"

叶大顺话音刚落，就听到孩子的声音。他扭头朝后看，看到了都曼！

都曼、阿依夏木和瓦尔江从不远处走来。

"都曼！"

叶大顺兴奋地迎过去，弯腰搂住了都曼。

"你们都来了？"叶大顺问阿依夏木和瓦尔江。

阿依夏木点点头，瓦尔江笑了笑。

刘子珍看着都曼，好生喜欢。

"你好，都曼！"刘子珍躬身招呼都曼。此刻，她心中涌现出一种别样的情愫。她应该有自己的孩子了。

"都曼，叫婶婶！"叶大顺说。

"她是嫂子？"瓦尔江走过来，认真地问。

"是的！"叶大顺回答瓦尔江。他转身对刘子珍介绍说："子珍，他们两个都是我的好朋友！"

阿依夏木拉着刘子珍的手说："以后，我们都是好朋友！"

刘子珍被新疆朋友的热情感染着，心里很感动。

79

哈密城进入了一个全新的时代。

每天,叶大顺一如既往地忙碌着。

这几天,进疆大部队在哈密城经过短暂休整后,有的开往迪化,有的开往南疆。和平解放新疆的重任在肩,他们必须继续前进。留在哈密的部队,也深入群众开展各项工作。

哈密城的民众在经历了这一场重大的社会变革之后,思想觉悟普遍提高,人人都想配合解放军和新政府为家乡的发展变化出一份力,尽一份责。

叶大顺每天和各街街长碰一次头,了解情况。然后,组织青年积极分子在各街道流动巡逻。他们走大街,穿小巷,敏锐的目光不放过任何地方。这段日子,叶大顺迅速成长为一个有理想信仰的人。

这两天,刘子珍开始清扫房屋,拆洗被褥,把窗户擦拭得干干净净,窗棂上原先糊着的纸条被她抠抠刮刮,不留一点儿印痕。两天下来,窗明几净,整个屋子焕然一新。

她想好的,今天一定要为丈夫做一顿可口的饭菜。

叶大顺喜欢吃拉面,她决定做拉面。

就在这时,叶大顺推院门回家了。

“子珍,吃啥饭啊,我饿坏了!”叶大顺说着话脱下衬衫,穿着背心去洗手。

“拉面!”刘子珍答道。

“嘿,你咋想到我心里去了! 我就想吃拉面!”叶大顺说着,往灶膛里扔了柴。

“咦,今天这屋里真像家啦!”叶大顺高兴地抬头东看西看。

“子珍,有你才有家啊!”叶大顺深情地说。

刘子珍从汤锅里捞出面,分放进两个盘子里说:“吃饭!”

吃着饭,叶大顺忽然说:“如今就是不知道大安的下落……”

80

十月的天山，天气说冷就冷。

此时，叶大安和叶尔肯各骑一匹马，行走在天山深处的小路上。从山南进入山区后，沿途风景截然不同。一路看到的是崇山峻岭，半山腰长着草和树，有时还能看到红色的小亭子。抬头看，山尖高入云霄，白云在山尖缭绕。山岳连绵，给人一种庄严、神秘而又空旷的感觉。置身这种境地，人类显得很渺小。

叶大安骑在马上，悠然地随马蹄的节奏行进。群马悠悠，放慢脚步，不似在草原上那般昂扬有劲。在他们的前面和后面，有人赶着羊群或马群在转场。

叶大安看一眼叶尔肯，他沉默着，显得淡然。叶大安离开甘州之前，他从未出过城，犹如井底之蛙。倒是这次的被迫外逃，让他大开眼界，见识了不同的人。人生的苦难，像一把双刃剑，既会刺得你伤痕累累，又会让你的心智成熟。现在，叶大安觉得自己长大了。

叶尔肯心中有事。他计划这次能从巴依手里拿到几个月的工钱，还清债务之后，就离开这里，找一个理想的地方生活。叶大安听说后很赞同，说，索性别去山北，去山南，那边来了解放军。

叶尔肯听了既高兴又有些为难，说如果自己那样做了，狠毒的牧主会对自己的阿帕下手。

叶尔肯现在只有阿帕一个亲人。叶大安听后很感动，决定和他一起先去山北。

突然，天气阴沉下来。

“要下雪了！”叶尔肯抬头望着天空，又说，“咱们得快点儿了，否则赶天黑出不了山！”

“哦，是下雪了！”叶大安一仰脸，雪花直落在脸上。

二人扬鞭策马，马群飞奔起来。

81

当叶尔肯和叶大安终于出山回到镇西城郊的厄布得格镇时，已到黄昏。他们把马群赶到哈里木牧主家圈养牲畜的大围栏里。哈里木的管家合孜尔拜克正守在围栏旁边。他将归来的马群逐一清点之后，锁上围栏门，转身朝住宅走去。

叶尔肯想找牧主哈里木讨要工钱，就走在合孜尔拜克后面。叶大安也跟在他们身后。

这是一个比较大的村镇，放眼望去，房屋不少。走近村正东南，一座颇为讲究的庭院出现在那里。合孜尔拜克在大门前停住，转身对叶尔肯用哈萨克语说了句什么。叶尔肯听后很不高兴，同管家争执起来。但是，合孜尔拜克脸色阴沉，狠狠地扔下一句话，进到院里，反闩了院门。

叶尔肯使劲推门，没推开。

“他说什么？”叶大安问。

叶尔肯叹口气说，管家说他的主人正在吃晚饭，让我明天再来结账。

“这个混账！”叶大安骂了一句。

叶尔肯不甘心，抡起拳头狠狠地敲门。门开了，合孜尔拜克站在前面，一个面色红润、身材肥胖、嘴角留着两撇胡须、穿着考究袷袢的中年男人站在身后。不远处，还有一个高个儿青年站在那儿，恨恨地看着叶尔肯。

叶尔肯情绪缓和了一些，躬身施礼，用哈萨克语说话。

叶大安心想,这应该是牧主哈里木了。

听叶尔肯说完后,哈里木捋一捋嘴边的胡须,不紧不慢地对叶尔肯说着什么。叶尔肯大声争辩起来。哈里木一转身,向合孜尔拜克和青年使了个眼色,转身重回院中。

大门又被闩紧。

叶尔肯发疯似的扑向大门,扯开嗓门大声喊叫着,门被砸得山响。

声音惊动了附近的邻居,有人探头张望着,有人凑了过来。大多是哈萨克族人,也有汉族人。他们都对叶尔肯投以同情的目光。

忽然,门打开一道缝。一只黑狗狂叫着,气势汹汹地要往外扑。

“叶尔肯!”叶大安大叫起来,拽叶尔肯离开,免得被黑狗咬伤。

一位维吾尔族老人对叶尔肯说:“孩子,恶狼张口,是它已瞄准了猎物。快离开吧!”

“是,惹不起了躲得起。小伙子,先别着急!”另有人劝道。

这时,又有人说:“是啊,解放军已经到哈密了,很快也会来厄布得格镇。咱镇上多少人家遭牧主欺凌,有四十户人家被赶到库普住着黑毡房。解放军来了,这些账会全部清算!小伙子,退一步离开这里吧!”

“对!等解放军来为穷人报仇雪恨!”

叶大安突然看出,刚才说话的是邱队长。

“邱队长!”他大声喊道。

82

邱队长也没想到会在厄布得格镇碰到叶大安。

那一次,他带的驼队在进大山之前遭到抢劫。他奋力反击时遭歹徒毒手,失去了知觉。待他醒来后,发现自己躺在一个毡房里。原来,他被一个哈萨克族老人救了。老人将邱队长运回厄布得格镇,让他养伤,他慢慢好了起来。救命之恩,当永世难忘。邱队长不忍心离开孤寡的老人,便在厄布得格镇住下来。

后来,他被一位漂亮的哈萨克族姑娘看上了。在走西口路上一直唱着"哥哥你走西口,小妹妹我实难留"的邱队长,最终和哈萨克族姑娘结了婚。如今,他的生活很幸福。

叶大安也把自己这半年同他们失散后的情况告诉了邱队长。二人惺惺相惜,自是一番感慨。

叶尔肯转身要回家找阿帕。

众人却脸色惶惶。大家都知道,两个月前,有四十户牧民因所谓欠债问题,被几个牧主联手赶出了镇子。叶尔肯的阿帕就在其中。叶尔肯母亲被赶走后,她家的房屋便被哈里木霸占,当了羊圈。老母亲和其他人家一样,流落在旷野,只靠一顶黑毡房栖身。大家面面相觑,不敢把这事告诉叶尔肯。

叶尔肯走到家门前,却看到铁锁锁着门,里面传出羊叫的声音。

"阿帕! 阿帕!"叶尔肯大声喊。

邱队长等人都赶来了。那位救过邱队长名叫哈森的老人拉着叶尔肯的衣襟说:"孩子,你别喊了,你阿帕已经不住在这里了!"

"阿帕不住在这里? 那她住哪儿了?"叶尔肯惊愕地问。

"她,她住在库普。"哈森老人说。

"库普?"叶尔肯近乎疯狂地问,"我阿帕怎么会去了库普? 乡邻们,你们都是我的亲人,快告诉我,在我离开厄布得格镇这半年里,究竟发生了什么事? 你们为什么要瞒着我?"

"孩子,你先别急,这一切你都会慢慢知道的。这会儿,你和你朋友先到我毡房里去休息,我有馕和奶茶!"

在哈森老人的劝说下,叶尔肯终于转过身。

"哈森布瓦,我家里有烤包子。让叶尔肯和他朋友先去我那里。吃过了再去你那里!"

一位中年哈萨克族妇女拽起叶尔肯的胳膊,朝叶大安招呼道:"朋友,走哇!"

其他人也陆续离开。

83

库普是距镇西五十里开外的荒原。这里能见天山,但不相连;一马平川,但不见绿草如茵;空旷辽远,但不物博。自古以来,从未有过人烟。但半年前,这里被迫迁徙来了一批哈萨克族牧民。由于迁来了四十户人家,所以人们称这里为"四十顶黑毡房"。因为他们都很穷,家家都用黑色毡片搭房,生存条件极其艰苦。

当叶尔肯在叶大安和哈森老人的陪伴下来到这里时,已过了上午。

早晨从厄布得格镇出来时,叶尔肯劝哈森老人别去了。说他年纪大了,路途又远,几个小时骑马会受不了的。但哈森老人执意要来,说自己与叶尔肯的阿帕、达达一辈子是好朋友。叶尔肯的达达死了,他一定要来看看他那可怜的老嫂子。就这样,三人骑两匹马来到了"黑毡房"。

从远处看,四十座黑毡房一模一样。它们的布局没有规则,稀稀疏疏散布在方圆二三公里的荒原上。时值冬季,天寒地冻,几乎看不到有人在外面活动。有的毡房里冒出黑烟,烟气灵动才显现出一丝生气。他们下马询问,没有找到叶尔肯的阿帕。再往前走过三顶毡房,看见一个哈萨克族姑娘从一顶毡房里走出来,提着木桶往外倒水。叶尔肯急忙上前打听,姑娘把木桶放下,领着叶尔肯经过两顶毡房,指着那边说了句什么,转身离去。

叶尔肯知道,这便是阿帕的家了。他急忙走过去,掀开毡帘,探头朝里面喊道:“阿帕! 阿帕!”

没听到回应。哈森和叶大安也凑到跟前。

毡房很小,光线很黑,看不清里面的样子。

“阿帕,我是叶尔肯。我回来了!”叶尔肯往前迈一步,继续说道。

“啊,孩子,我的孩子!”

毡房的角落里传来微弱的声音:“叶尔肯,你可回来啦! 快,到阿帕这边来……”

“阿帕!”

叶尔肯猛扑过去,跪在阿帕躺着的木板毡床边,俯在阿帕腿上大哭起来。

哈森老人走过来说:“叶尔肯,你别这样。你们分离半年,你阿帕一定天天在想你。今天,你们应该高兴才对!”

“啊,哈森,是你吗? 你是来看我的吗?”

叶尔肯的阿帕挣扎着,坐起身子。

“嫂嫂,是我,哈森来看你了!”哈森双手紧紧握住叶尔肯阿帕的手说,“你可要保重身体,咱们的苦日子熬到头了,好日子就要来了!”

“好日子就要来了……”叶尔肯的阿帕呢喃着。

叶大安目睹这一切,心中甚为感慨。此刻,他也非常想念自己的母亲。

84

这些天,柳树庄的气氛处于一种亢奋状态。

村民都知道了解放军进新疆的事儿。几天前,瓦尔江和阿依夏木带着都曼去了一趟哈密城。回村后,三个人兴奋得不得了,逢人便说,他们见到了解放军。解放军多么英武,多么守纪律,多么爱群众,不拿群众一针一线。村民们听着很羡慕,直后悔自己怎么没去。

瓦尔江告诉大家,十月十九号,哈密城要举行第一次升国旗仪式。这下,全村的人都说要去城里看升国旗。

天刚蒙蒙亮,在通往哈密城的路上,就有一辆一辆坐满人的大马车驶过。阿尔曼特意换了一身新衣服。他头天晚上就检查了马车轮胎,把车厢板的钉子钉得更结实。努尔兰显得特别高兴。都曼紧偎在他阿帕和奶奶身旁。车上还坐了同村的三个邻居。瓦尔江也赶着马车紧跟在后面,他的车上坐着他的达达、阿帕及李生亮。

经过两个多小时的行程,快到城里了。瓦尔江站起身对马车上的人说:“快要进城了,到东进口停马场时,所有人集合排队,然后去哈密北广场参加升旗仪式。”

大街上,已有群众队伍朝城北广场方向走去。瓦尔江带领着柳树庄的这支农民代表队伍紧随而行。

还没到广场,已听到高音喇叭里传出的领导讲话声。

这时,有戴红袖标的工作人员在维持会场秩序。两个工作人员走过来,其中一个人竟然是叶大顺。他小声地告诉大家,前面有农民代表队的场地。于是,大家往前走了一会儿,在固定位置站好了。

高音喇叭里响起了中华人民共和国国歌《义勇军进行曲》。雄壮的国歌声中,几位战士齐拽桅杆细绳,鲜艳的五星红旗冉冉升起。

全场肃立,每个人的目光都投向飘扬的五星红旗。

之后,会场上响起持久而热烈的掌声。

升旗仪式结束后,队伍开始退场。

叶大顺特意走过来,与阿尔曼紧紧拥抱。

瓦尔江大声说:“叶大哥,你可要回柳树庄啊,乡亲们都想着你呢!”

“好的,我一定会回柳树庄去的!”叶大顺大声回答。

瓦尔江招呼大家退场。叶大顺向他们招手,直到看柳树庄代表队走出广场。

85

刘子珍和穿心巷的阿姨、婶婶及姐妹们走在爱国路的大街上。

来到哈密城短短十几天，她已和乡邻们熟悉了。她人长得好看，人缘又好，大家都乐意和她接近。这些天，这些妇女志愿者在刘子珍带领下，每天都到部队驻地附近看看有没有可以帮着干的事儿。起先，她们帮着打扫环境卫生。很快，部队按正常的规定训练、生活、作息以后，外人不便在那边活动。但她们还是每天走出家门，或者维持公共秩序，或者走街巷巡逻。和平来之不易，一定要保持哈密城里的安定。能为大时代尽一份微薄之力，她们觉得很幸福。

这会儿，她们完成当天任务，一块儿朝北关她们居住的方向走去。

街长韩长庚从旁边追过来。

"刘子珍！刘子珍！"韩长庚喊道。

"喊你呢，子珍姐！"古丽捅捅刘子珍的胳膊。此时，她正与骆大妈说着话。

"韩叔！"刘子珍迎过去。

韩街长站住说："有件事儿正想找你呢！"

"啥事儿？"刘子珍和韩长庚站在了街边。

"是这么回事儿，上边要各街道开办扫盲识字班。知道你能识文断字，我们就想到了你！想请你当扫盲班的老师。这件事领导催得挺急的，请你尽快表个态！"韩长庚一本正经地说。

刘子珍心里很乐意，却谦虚着说："韩叔，我的文化程度不高，我怕……"

"嘿，这个你就甭担心了！各街道不是刚刚做了人口普查吗？我们都知道你是个文化人。这么着，你若答应，每星期有三天的扫盲课程。地点就定在街长办公室旁的大房间里。从明天开始，接下来的三天，每天下午四点钟就来!"

几个年轻媳妇和姑娘等着刘子珍，她们听到韩街长和刘子珍的谈话，都很高兴。

"我报名!""我也报名!"她们兴奋地说。

"这么着，"韩街长转向众姐妹："今儿个你们都回家去，到了做饭的时辰。明天下午你们就到这里来，就找刘子珍，都要先报名!"

"好咧!"她们满意地离开了。

韩街长叫住刘子珍，小声地说："每月三十元，国家给的!"

"啊，还给钱啊?"刘子珍问。

"是啊，我们都赶上了好时代!"韩街长说。

86

叶大安帮叶尔肯忙活了两天。

叶尔肯拆除阿帕的毡房进行重建。那顶毡房太小了，很难容下三人居住。那晚，叶大安硬是蜷缩在毡房边过了一夜。天亮后，他发现自己的脚伸到了毡房外。叶尔肯和叶大安去天山脚边，扛回干枯的松树杆。将树杆搭成架，再盖上了黑毡片，新的毡房便建成了。

叶尔肯一直惦记着向牧主哈里木讨要工钱的事儿。

叶大安也很想去厄布得格镇。他有一件大事儿要完成，那就是给妈妈写信。三天前，他注意到那里有邮局，终于可以寄信了。

正午时分他们来到哈里木家门前。

叶尔肯挺直腰板儿，使劲儿敲门。

但是不见应声，连狗叫声也没了。

哈森老人和邱队长闻声走过来。哈森告诉叶尔肯，两天前哈里木家来了三个神秘人物，后来就见哈里木携家眷和那三人一起走了。邱队长说，哈里木一定是坏事做太多，害怕解放军来，听到风声便逃走了。可他能逃到哪里去呢？

陆陆续续又来了几位牧民，大家情绪激动地谈论着这件事儿。

“邱大哥，解放军快来镇西了吧？”有人问。

“应该快来了！解放军去了迪化、喀什、伊犁，也一定会来山北这边。大家等等吧，我估计冰消雪化时，解放军也会进驻草原的！”牧民们信服地点着头。叶大安看出，邱队长在这些人中很有威信。

大家散去了。邱队长转向叶大安和叶尔肯说：“走，两位兄弟，到大哥家坐坐，去见见漂亮能干的哈萨克族嫂嫂！”

叶大安欣然应允。他们离开了哈里木家。

87

甘州德胜东街，叶家大院。

曹珮儿坐在大院的藤条椅上，尚秀帘扶着蹒跚学步的小建国，两人逗着孩子嬉笑。

叶大和去德胜西街开店了。从南山回来后，店铺重新开张，生活恢复了原样。

正值下午。冬天的暖阳照在头顶，大院里敞露的地方洒满了阳光。尽管是冬季，身上也是暖洋洋的。

叶大平一会儿在后院，一会儿在前院拾掇着。从南山返城时，康克南赶马车送他们回来。后来，康克南又来过两次，每次总想向曹珮儿讨个准话，好尽快娶叶大平。曹珮儿见小伙子长得高大英俊，机灵有礼，也很中意。可叶大顺、叶大安的事总像堵在她心头的梗儿，便一直没给康克南准话。

“喏,去找奶奶!”尚秀帘两手叉在孩子腰间,往前一推说。

“奶奶!”孩子跨出一步,突然叫出了一声。

“呀,咱家小建国会叫奶奶了!”尚秀帘兴奋地说。

尚秀帘将孩子递给曹珮儿,孩子对着曹珮儿咯咯直笑。曹珮儿抱过这个长孙,脸上荡起灿烂的笑意。

叶大平走过来,静静地站在尚秀帘身旁,看祖孙二人咿咿呀呀对话。

院门推开,一位身穿墨绿色制服的邮差走进来:“这是叶大和家吗?”

叶大平赶紧迎过去。邮差停步掏邮包说:“喏,有叶大和的信!”

“啊,信?”叶大平惊喜地叫道。

曹珮儿、尚秀帘也望过来。

邮差抽出一个牛皮纸信封递给叶大平。

“喏,还有一封!”邮差又递过一个牛皮纸信封。

叶大平惊喜不已。

“喏,两封信都是从新疆寄来的。你家在新疆有人啊?”邮差问。

“有,有!”曹珮儿将孩子揣在尚秀帘怀中,起身走过来说,“我俩儿子都去了新疆!”

邮差看着曹珮儿说:“您老人家有福气啊! 现在全国解放了,等火车通了,您就可以去新疆转转了!”

“那是啊!”尚秀帘抱着孩子围过来。

邮差看着只顾看信的女人们,走出院门。

曹珮儿、叶大平、尚秀帘轮流拿没拆开的信封看。曹珮儿将信封凑到鼻尖儿上嗅着,仿佛能嗅到儿子的气息。

叶大和回来,一进院门便被这喜庆的气氛吸引了。

“大哥,快来看信!”

叶大和拆开信封读起来：

母亲大人，大哥一家及大平妹：

你们好吗？我自离家后一直未与家中寄书信，实属孩儿不孝。望母亲大人宽恕。

我在外一切安好，望亲人们放心。子珍已达哈密，告知家中情况。这大半年的艰辛坎坷，实属不易。今新中国已成立，万象更新，国泰民安，好日子已来临。望母亲及家人们都保重身体。盼望着全家人团聚的日子早一天来临！

儿大顺跪拜

×年×月×日

叶大和读完，叶大平又递过一封说："喏，这封是小弟大安的！"

叶大和急忙拆开第二封，又读了起来：

妈妈：

您好吗？

自从我离开老家，天天在想您。有时我在睡梦里见到您，真想拉着您的手，靠在您的肩头。我在这边还好，总会碰到好人帮我。妈妈，您就放心吧。解放军进了新疆，也快到我们这儿来了！妈妈，等以后通了火车，您和大哥他们及大平姐姐，都来新疆。新疆是个好地方！

妈妈，就写到这里吧！再见！

您的小儿：大安

×年×月×日

信还没读完，曹珮儿已泪流满面。叶大平、尚秀帘也在一旁抹眼泪。叶大和手在发抖，他沙哑着嗓音说："哦，二弟、小弟终有讯息了。国泰民安，老百姓有出头之日了！"

"是，是！老百姓有出头之日了！"曹珮儿擦去眼泪说。

"嗯，妈！"叶大和起身，扶曹珮儿坐下来。

可是，他心头有点儿疑惑。大顺、大安各写了一封信，信封上的地址也不相同。由此可见，他俩不在一起。

那么，他们在去新疆的路上，究竟发生了什么事情？

88

入冬以来，人们总能看到两个年轻人赶着一辆装满柴火的马车，往返于库普与厄布得格镇的大路上。

他们是叶尔肯和叶大安。

每天，他们都去临近库普的天山山麓砍柴，拉到厄布得格镇去卖。天气越来越冷，人们做饭取暖少不了柴火，所以他们的柴火很容易卖。叶尔肯和叶大安因此有了一些收入，还可维持生计。

89

甘州德胜东街叶家大院前，今天特别喜庆。

两辆马车停在大院门前，每匹马的头上都系着红色绸带。前边那辆车上，高高挂了个绣球。原来，康克南赶来娶亲了。

叶大平端坐在闺房里，被嫂嫂尚秀帘及邻居任玉花和几个女人打扮得花枝招展。一向穿衣素雅的叶大平此刻身穿一件印花的红色上衣，配上黑色长裤，显得庄重大气。她的发型变了，长至肩头的散发盘成了发髻。发髻正中插了一个红色发卡，使她显得与往日不同。叶大平羞涩地看着镜中的自己，有点儿不习惯这种打扮。可是，尚秀帘和任玉花都说，这就是做新娘的发型。齐肩的短发那是姑娘时的打扮，你成了新娘就该挽起发髻了。说着话，尚秀帘打开一盒香粉给叶大平扑粉，还直夸小姑子长得俊。任玉花也看着，笑着，拿过口红递给尚秀帘。

"咦，这口红先别急着抹。待会儿吃过离娘饭再抹吧！"尚秀帘说。

这时，曹珮儿端着个冒热气的白瓷碗来了。见母亲来了，叶大平急忙起身，两人面对面相望。

儿女之命，皆出于娘亲。承欢膝下二十年，相对而望竟无言。不是彼此无话说，腹中滋味万千般。

"妈……"叶大平终于开口了。只这一声喊出，她已眼眶潮红。鼻翼动着，咬紧了嘴唇。

"平儿，"曹珮儿轻唤一声，无限疼爱地望着长大成人的女儿说，"今儿个是你大喜的日子，咱们都高兴！来，把这俩荷包蛋吃了。吃了荷包蛋，你会一辈子平平安安，和和顺顺！"

叶大平双手恭敬地从母亲手中接过碗，放到嘴边，一口一口地吃下去。

"吃过离娘饭，该上轿喽！"门外、窗前早有婆家人候着。有人大声喊道。

这时，新郎康克南在伴郎陪同下走进来。

康克南穿一身藏蓝色中山装，显得愈加英俊。他走到叶大平身旁，双眼不离地看着，笑着。

"嘻，从今天起她就是你的人了，娶回家去尽管看！"伴郎推了康克南一把，讪笑着说，"这会儿你得谢过丈母娘。是她给你生养了这么漂亮合心的媳妇儿！快，见过丈母娘！"

康克南转过身来，对曹珮儿深深施了一躬说："妈，谢谢您辛辛苦苦操持着这个家，才有我和大平的今天。我们永远不会忘记您的大恩！”

“来，二人站齐了。给高堂施礼！”

伴郎指挥着康克南、叶大平并肩站好，弯腰施礼。

“哎，可以起轿了！”窗户外面又有人大声喊道。

康克南、叶大平转身朝外走去。

院里，一阵欢呼。

在伴郎伴娘陪同下，一对新人即将走出大院门。叶大平扭头回望，她没见到曹珮儿，只见嫂嫂尚秀帘抱着小侄儿跟随在她身后。她停下脚步，小建国伸出双手，嘴里喊着：“姑姑抱抱，姑姑抱抱！”

尚秀帘挡回孩子手说：“让姑姑出门！姑姑会常回来抱国国的！”

叶大和走过来坐到车上。作为娘家人，他要随车送亲。

叶大平、康克南坐在挂有绣球的车上。

马车夫一扬鞭子，车走了。

90

刘子珍这些天很忙，不但负责街道扫盲班的课程，每天还得抽空排练节目。春节快到了，为庆祝不同寻常的春节，部队宣传部门要在春节之际，与群众进行联欢庆祝活动。刘子珍被街道领导选中，去参加宣传队的演出。

即使这样，她也高兴。在家时，也愉快地做着过年的准备。她炸了油饼、麻花，这不，又在烧汤炖卤肉。现在，她每月能拿到国家发的三十元讲课费。

解放军和平解放新疆后，全疆形势发生了翻天覆地的变化。哈密专区成立后，很快推进了各项工作。叶大顺因表现出色，已被吸纳进了政府机关。他每天走街串巷，统计登记哈密的商户，为下一步的工作做准备。叶大顺心细,有文化,工作做得缜密而有条理,很得领导的赏识。时代在改变世界,时代在改变着人。

天冷之后,刘子珍就将厨事搬入房中做。此时,屋中火炉正旺。火炉上正在卤肉,她拿筷子翻动着,一股股热气升腾到空中,屋里全是卤肉的香味。刘子珍突然一阵不适,直想呕吐。她放下筷子,想出门。恰在这时,叶大顺回来了。

刘子珍到院墙边,蹲下身子连咳带吐。

叶大顺关切地问:"子珍,你怎么了?"

刘子珍仍咳着,顾不上回答。

"子珍,你生病了吗? 我去找药。"叶大顺又说。

"傻瓜!"刘子珍好点儿了,站起身来说,"你要当爹了!"

"啊,子珍,你是怀孕了! 我要当爸爸了,你也要做妈妈了! 子珍,真高兴!"

"高兴!"

刘子珍牵着叶大顺的手进屋。

看到火炉上炖着的卤肉,叶大顺从柜中拎出酒瓶说:"今儿个真高兴,双喜临门! 子珍,咱吃肉喝酒,好好庆祝庆祝!"

刘子珍纳闷,问:"怎么是双喜临门?"

叶大顺说,他碰到了赵光祖。赵光祖说,他在去镇西的路上见到了叶大安。大安和另一个人从厄布得格镇骑马来找解放军,说那儿的反动牧主滋事,请解放军去惩治。就那么几分钟,他认出了叶大安,大安却没看到他。之后,大安和他的同伴带着骑兵二连的官兵走了。他没有和大安说上话,但却记住了地名——厄布得格镇!

"哇,太好了! 终于有大安的消息了!"刘子珍也异常高兴。

叶大顺沉静下来说:"子珍,我想尽快去一趟厄布得格镇。亲眼见到三弟,我才放心!"

“好！春节快到了，你见到大安后，一定带他来哈密，我们一起过个春节！”

“子珍，好！来，我们吃肉、喝酒！”叶大顺说着，打开了酒瓶。

刘子珍揭锅盖要捞卤肉，叶大顺急忙过来说：“你坐下，我来干，你要保护好宝宝。”

91

这些日子，厄布得格镇及库普草原弥漫着火一样的气氛。

牧民们目睹哈里木家族的财产被没收，草原不再被牧主霸占。那些被强行夺去的马、牛、羊归还给了原主人。这一措施深得民心。牧民们用不着担心哈里木等反动牧主卷土重来。哈里木跑了，他家那忠心的管家合孜尔拜克及另外两人已被控制在解放军手中。

解放军知道了库普草原“四十户黑毡房”事件后，郝营长和战士们义愤填膺。他们遵循解放军在所到之处要“安抚民心，稳定局面，惠利百姓”的宗旨，立即开展对“四十户黑毡房”的搬迁工作。很快，这些曾被遗弃的人们，人人有房住，过上了正常生活。

叶尔肯的阿帕也回来了，她家的土屋又归还给了她。土屋经过整修，焕然一新。阿帕住进去，笑容满面，身体也好起来了。

叶尔肯向郝营长提出想当兵。郝营长看着这个体格高大、血气方刚的哈萨克族小伙子，甚是喜欢。只是担心，他去当兵，丢下他阿帕一人怎么办？

叶尔肯告诉郝营长，阿帕非常支持他当兵。阿帕说，解放军都是世上最好的人，希望叶尔肯也成为世上最好的人。

这样，叶尔肯和叶大安一起进了解放军的兵营。

部队到来之后，随着工作进展，举行了全体牧民的民主选举。选举会上，大家一致同意由哈森老伯为镇长，邱光继和另外两个有威信的年轻人为镇长助理。

郝营长要求战士们发挥解放军是战斗队，同时也是宣传队的作用，在群众中大力开展宣传教育活动。他的祖籍是湖南，却是一个地道的“新疆通”。据说，家族中曾有人是清朝的大官，被朝廷派到新疆工作。所以，郝营长从小是听闻着祖辈们的故事长大的。他知道公元前138—前119年间，张骞两次出使西域。从那之后，打通了中原地区与西域联系的孔道，促进了经济文化交流。之后班超再次出使西域，不仅加强了汉朝对西域的统治，而且对东西方文化交流做出了巨大贡献。在众多民族英雄中，郝营长最钦佩的是清光绪年间的左宗棠。1875年，身为清廷钦差大臣的左宗棠不顾年高多病，抬棺进疆。他运筹帷幄，指挥兵士与阿古柏侵略者进行殊死搏斗，最终率军收复新疆。之后，极力推进新疆建省。在全疆推行戍边垦荒，减轻人民负担，同时大兴水利、道路，为治理新疆和维护祖国统一做出巨大贡献。

92

1950年春节。

这是新中国成立后的第一个春节，全国各地都沉浸在前所未有的欢乐之中。

从大年初一开始，牧民们就陆续地来到兵营，慰问解放军。他们说：“你们为了我们，远离父母和亲人，不能与家人团圆，就把厄布得格镇当成自己的家吧，我们都是你们的亲人。”

乡亲们淳朴的话语、真挚的感情，使官兵们感激万分。他们也祝福老人们身体健康，孩子们快乐成长，年轻人积极向上，成为社会的栋梁。

为庆祝新春佳节，大家摆好了场子，唱歌跳舞。叶大安、叶尔肯也来了。

姑娘们进入场地。她们穿着鲜艳漂亮的长裙，把头发梳成一条条小辫子。跳舞时，裙裾飘摆，小辫飞动，很是迷人。小伙子们穿着精美的袷袢，头戴小花帽，一个个潇洒大气。小伙儿和姑娘对舞时，一个剽悍阳刚，一个妩媚漂亮。

姑娘们注意到了场边站着的战士们，热情邀请他们一起跳舞。

叶大安喜欢听新疆音乐。它让人心情舒畅，忘却忧伤。有姑娘请他跳舞。叶大安听着曲子挪动脚步，居然很顺利地跳了几步。那姑娘直夸他："亚克西！"

叶尔肯在教邱队长跳舞。别看邱队长总爱扯开嗓门唱歌，但对跳舞却很不入行。

郝营长也来了。他向叶大安、叶尔肯招手，他们急忙来到场外。

"情况有变！"郝营长压低声音说，"上级来电，要我们马上去镇西集结！"

叶大安、叶尔肯心里一沉。

"邱队长！"郝营长喊道。

邱光继急忙走过来。

郝营长说："邱光继同志，现收到反动分子准备叛乱的消息，部队要去镇西集结。部队一撤，恐怕会引起乡亲们恐慌。你和哈森镇长及其他同志一定要做好群众的安抚工作，稳定群众情绪。我们只是暂时离开，解放军一定还会回来的！"

邱光继意识到了情况的严峻性，沉稳地点头说："郝营长，请同志们放心，厄布得格镇挺得住！"

"我相信你！"郝营长用力将右手搭在邱光继肩上，又说，"好在这段时间以来，群众思想觉悟也有了很大提高。有你、哈森老人、阿里腾这些骨干力量，相信任何情况都会应对过去！"

这时,军营响起了集合号,正在跳舞的战士停下脚步,一个个向兵营方向跑去。

“再见!”

郝营长、叶大安、叶尔肯向邱光继告别。

93

叶大顺按照赵光祖告诉他的地址,终于从哈密城搭上了去镇西的马车。

今天已是大年初四了。他本想节前就去,但一直抽不开身。

经过山南的路程,翻过东天山。此刻,已到山北。叶大顺一路走着,一路看着旖旎的风光,完全被原始的地貌吸引了。

不知走过多少路程,马车到了一个岔道口。车夫停下车,要叶大顺下车,说顺着那条道走下去,就到厄布得格镇了。

叶大顺下了车,脚踩软绵绵的草地,感到很舒服。抬头望去,在很远的地方,能看到房屋树木。

终于,他走到了厄布得格镇。

镇子相当大,袅袅炊烟从屋顶飘出。行人三三两两,穿着漂亮。到处能看到过年的迹象。

“大哥,向您打听个人。”叶大顺问路。

那人站住了,问:“你打听谁?”

“叶大安!”叶大顺说。

“叶大安?”那人诧异地问,上上下下打量叶大顺一番说,“你是不是叫叶大顺?”

“是,我是叶大顺!”叶大顺觉得奇怪,怎么有人叫出了自己的名?

“啊,您就是叶大安的二哥叶大顺啊? 你可让你小弟找苦了!”那人带着责备又揶揄的声调说。

“请问，您是……”

“我叫邱光继。实话告诉你，当初你弟跟你走散的那个晚上，要不是碰巧遇到了我们驼队，他就让狼吃了！你，你得先感谢我啊！”

叶大顺听得毛骨悚然，他赶紧说：“邱大哥，太感谢您了！我替老母亲谢谢您，替全家人谢谢您！我小弟他现在在哪里？”

“太不巧啦！你如果早两天来就见到他了。昨天，他们有新任务，随部队走啦！铁打的营盘流水的兵，他们已去镇西剿匪。这一趟，你白来啦！”

叶大顺欣喜地问：“这么说，大安参加中国人民解放军啦？”

“是啊，部队的郝营长特别喜欢他，说他是当兵的料。还有，和他要好的那个哈萨克族小伙叶尔肯也参军啦！他俩好得像亲兄弟！”

有人在远处喊：“邱队长，哈森镇长找你呢！”

邱光继走了。叶大顺见远处的大路上有来往的马车，决定回哈密。虽然这趟没见到大安，但他心中甚是高兴，小弟成了一名解放军了！

94

叶大平在康克南的陪同下回娘家，叶家大院却锁着门。

康克南把他的枣红马拴在院前的树下，同叶大平一块儿等着。

“该不是大哥他们带妈去新疆了吧？”康克南猜测说。

“新疆那么远，有老人孩子的，不会轻易去！”叶大平说：“等以后通了火车，我们都去！”

自从和二哥、小弟有了书信往来后，叶大平很憧憬新疆，觉得那是个好地方。那里的山，那里的草，甚至旷野戈壁，都像神话一样。

两人说着话，曹珮儿回来了。远远地，小建国就跑过来，喊着：“姑姑！姑姑！”

走近了，曹珮儿笑着对康克南说：“哟，今儿个出了趟门，把女婿关在门外啦！”

叶大平要把抱着的小建国交给康克南，可小建国却扭头不去：“姑姑，他是谁呀？”他问。

“国国，他是姑父，叫姑父！”

“快找姑父，让他学学咋样抱娃儿！

“嫂子！”叶大平红着脸，抱小建国随母亲进到院子里。

康克南将枣红马拴在后院，提一个大包走过来。

“哎，你们来我就很高兴，咋拿这么多东西？”曹珮儿说。

“喏，这是南山羊肉！”康克南说。

“我要吃羊肉！”小建国说。

叶大和从康克南手里接过包说：“好，今天我们全家人好好聚一下！克南，你做我下手，看大哥好好露一手！”

“太好啦！”康克南开始剥葱。

曹珮儿进来，说：“吃过饭，咱一家人去北街看社火。这一年，我添了孙，又有了婿，喜事多多，咱得好好过一过！”

叶大和回应母亲的话说：“对，咱得好好过一过！”

院子里，响起孩子的笑声。

95

三月的风，吹在人身上仍是刺骨的冷。

部队从镇西出发，一路朝西北方行进。

此时，他们进入柯桑苏草原。走出镇西城西北的乡村之后，便看到一马平川的草原。草原的新芽尚未完全长出，整体看去，一片褐黄的干草色。草原上很少见到毡房，偶尔能看到零散的马、牛、羊、骆驼。因为还不到牲畜转场季节，所以柯桑苏像一幅静态中的草原水墨画。倒是这支行进中的部队，打破了万籁俱寂的状态，陡然给草原增添了活力。

走在这支队伍前边的骑兵营里的，有叶大安和叶尔肯。他们前边是骑着一匹黑色大马的郝营长。他们从厄布得格镇赶到镇西后，一边训练，一边待命。部队已得到消息，原哈密专员及匪首等纠集很多匪兵，裹胁群众，从奇台以南至红柳峡发动叛乱。郝营长带领的这支队伍要赶到一个叫海子的地方，阻击叛匪行动。

郝营长看一眼胸前挂着的怀表，时针已指向下午六点多钟。他扭头喊道："叶大安、叶尔肯，你俩过来！"

叶大安、叶尔肯策马出队列，来到郝营长跟前。

"你俩是当地人。我问你们，这里离海子还有多远？"郝营长问。

叶大安蒙了，因为他也是第一次来这里。叶尔肯非常兴奋地说："报告营长，不是太远。您看，前面已经能看到山了。走到那里，从那道黑色的崖口进去，走不了多长时间就是海子了！"

郝营长夸叶尔肯："小伙子，你真行！你是哈萨克的好后生！"

叶尔肯被营长夸赞，心里美滋滋的。他和叶大安回到队列之中。

郝营长面向队伍，大声说："同志们，再加把劲儿！我们早点儿赶到海子，就会保证全胜！"

郝营长两腿一夹，大黑马长嘶一声，甩蹄奔跑起来。

黑色的崖口越来越清楚了！

96

战士们埋伏在黑崖口附近的山坳里，已有两天了。太阳升起，还没发现叛匪的影子。叶大安静静地趴在陡峭嶙峋的山崖间，他面色严峻，面前支着一杆长枪。他转头看看距他不远的叶尔肯，叶尔肯手抱机枪，保持着警觉的状态。他知道，整个山坳都埋伏着战友。郝营长和通讯员在山崖正中的一座耸立的石峰后面。虽然两天还未见敌人动静，但战士们仍然保持着高度的警惕。大家双眼紧盯着山坳下的大道。只待郝营长一声令下，大家便一齐开火。

终于有情况，一支队伍出现了，有骑马的，有步行的。

郝营长命令道："同志们，准备战斗。大家尽量少开枪，活捉匪首！注意截击两头，不要漏掉一个叛匪！同志们，开火！"

"杀啊！"山谷里响起震耳的枪声和吼声。

叛匪慌了手脚，有的往前跑，有的往后逃，还有的就地瘫软。匪首仍不死心，气急败坏地指挥着这群乌合之众还击。

匪首策马往黑崖口逃去。逃出黑崖口，便是草原。对于具有猎骑经验的匪首来说，这是他唯一的机会。

这时，只见一匹枣红马疾驰而来，骑手是叶尔肯。他奋勇追向匪首！

"站住，你跑不了了！"

郝营长果断举起枪，朝匪首射击。匪首从马上掉下来，大马嘶叫着跑开了！

"不许动，快投降！"战士们把匪首包围起来。叛匪的三个部下见势不妙，催马顺着小道逃走。

"叶尔肯，快去追，一个都不能放过！"郝营长命令道。

叶尔肯认出来三人中有一个是牧主哈里木！

叶尔肯和战友们紧追不舍，决不放过任何叛匪！

97

逃出黑崖口，面对着的是柯桑苏大草原。狡猾的哈里木等三人避开草原大道，一会儿藏身山中，一会儿驰出山坳，让人捉摸不透。叶尔肯和其他六位战士尾随其后，一直追逐了一上午，哈里木和他的同伙始终掌握着主动权，叶尔肯被甩在二三里外的地方。哈里木暗暗高兴，这样拖着，倒留给了自己逃亡的时间。到了东天山北口，进山拐道后去伊吾城。在伊吾他们的势力强大，那儿还有他的弟兄。

哈里木心中有他的谋算。

“走！先去厄布得格镇！”哈里木拨转马头。

厄布得格镇，那里有他的房屋，有他的牲畜！在那里，除了天地，哈里木便是老大！

镇里的人，有的拾掇门户，有的喂鸡放羊，老人妇女三三两两说话。见哈里木气势汹汹地从镇北口骑马而来，人人变了脸色。

“乡亲们，快走，哈里木来了！”邱光继大喊起来。

不远处，叶尔肯和他的战友们也赶来了。哈里木见势头不好，居然拿一位老妇人做人质！

他像老鹰叼小鸡一样，将老妇人绑在马缰绳上，拖着老妇人跑起来。

“阿帕！”

邱光继和年轻人都看清了，被捆绑拖跑的老妇人正是叶尔肯的母亲！

关键时刻，叶尔肯赶到了。他举枪射击！哈里木的马受伤了，他被摔在地上。

哈里木突然翻起身，用枪瞄准躺在地上的叶尔肯的母亲！

“住手！”

邱光继猛扑过去，想用身体挡住老妇人。

一声枪响，邱光继倒在地上，鲜血直流。

“邱大哥！”叶尔肯跳下马，飞奔过来。

其他几位战士猛扑过去，活捉了哈里木等叛匪。

98

在解放军驻镇西广大官兵的打击下，叛匪及当地的一些反动分子被歼灭。镇西城逐渐趋于安定，人民欢欣鼓舞。草原上牧歌阵阵，草长莺飞，牛羊成群。蓝天白云下，一派祥和景象。

叶大安由一个不谙世事的青年成长为一名英勇的解放军战士。六军十六师副师长罗少伟在去七角井检查部队驻防工作时，行至车轱辘泉遭叛匪伏击，随行人员壮烈牺牲，这件事极大地震撼了官兵。邱光继在这次剿匪斗争中，为了保护群众也英勇牺牲了。

这些天，叶大安常想起邱队长，想他在驼背上唱"哥哥你走西口，小妹妹我实难留"的情景。叶大安非常想去一趟厄布得格镇，亲自去祭奠邱队长。但身在军营，不能成行。好在叶尔肯归队后告诉了他一些当时的情况。叶尔肯非常痛心，说邱大哥是为了救他的阿帕牺牲的，他永远不忘这个恩人。

驻守镇西的解放军官兵经过短暂的休整之后，又接到了命令。在伊吾，驻扎在那里的兄弟部队与叛乱的反动势力进行了将近四十天的战斗，情况危急，需要援军。

镇西的军队要去救援伊吾。叶大安、叶尔肯都很兴奋，他们都希望自己快快在战斗中锻炼成长。

99

伊吾，一个不大的小城。居东天山东北部，与居于东天山西北的镇西城遥遥相望。如果没有东天山从中阻隔，应与山南的哈密城形成三城鼎立的格局。它们都是东疆的重要门户。相比之下，哈密城最大，它是东疆政治、军事、经济、文化中心。而镇西、伊吾因所处的地理位置相对比较偏僻，因而在许多方面略显逊色。

伊吾属于山城，地势险峻。居住在这里的人们，以哈萨克族居多，还有维吾尔族及汉族。目前处于历史变革的交接时期，一切尚未稳定。表面上风平浪静，暗地里却浊流涌动。1950年2月后，中国人民解放军十六师四十六团一营二连的官兵在副营长胡青山带领下进驻伊吾时，正处于这种社会背景。遵照上级指示精神，部队很快开展各项工作。除了剿匪平乱、维护社会秩序之外，还要开荒种地、生产粮食。由于语言不通，老百姓对解放军不了解，所以群众工作很难做。一场蓄谋已久的叛乱计划正在酝酿之中。

连长赵富贵带一个班去一百多里外的淖毛湖开荒种地，副排长刘景德则带另一个班去下马崖。这两个地方土地肥沃，适合垦荒种植。驻守伊吾城的只有108人。他们守护着这座城，继续做群众工作。

1950年3月29日，叛匪公然暴乱。他们采取欺骗手段，将在淖毛湖、下马崖垦荒种地的解放军分别偷袭绑架，残忍杀害。

叛匪纠集各路反动势力，对城里的解放军官兵进行疯狂攻击。在副营长胡青山指挥下，他们已击退了叛匪多番进攻。伊吾保卫战已进行快四十天了，仍是孤军奋战，战士们表示："只要我在，阵地就在！绝不让小城落入叛匪手中！"

100

1950年5月3日，2000多人的部队分别从哈密、镇西向伊吾进发。

主力部队已到达达子沟。

叛匪非常狡猾，依仗地形优势，分散袭击，使部队几次处于劣势。5

日12时，援军与叛匪进行激烈的战斗。民族军骑兵营通讯员艾克木江中弹牺牲。民族军骑兵连向叛匪冲击时，兄弟连队从侧翼赶到。叛匪见势不妙，放弃达坂营地，向盐池方向逃跑。

6日，平叛援军抵达盐池。叛匪纷纷向解放军投降。从前山败逃的叛匪企图阻止援军，但遭到失败。

7日，援军攻占了黑山头。这表明援军已进入伊吾地界，从望远镜里可以看到“钢铁二连”驻守在伊吾北山上的大碉堡。

守卫在伊吾北山主峰的战士们听到炮声，惊喜异常。他们分析，这炮声很像自己部队的信息联络炮。于是，发射了三枚枪榴弹，并在主峰上点起三堆大火。

“信号弹！这是二连的联系信号！”援军官兵非常兴奋。十四师骑兵团的一位营长接受命令，率两个连先行赶去甘沟。到达指定地点后，先遣队立刻发出信号。之后，大部队在伊吾城西面发起总攻。二连与骑兵部队里应外合，叛匪溃不成军，仓惶逃窜。

二连的战士们从守卫了四十天的碉堡里走出来，迎着大部队走去，与大部队胜利会师！

101

转眼，冬季来临。

这天，叶大顺回家时，刘子珍已做好饭。

叶大顺洗了手，坐下来。他说：“子珍，你身子越来越沉了，往后，等我回来做饭。你好好保养身子，我可急着当爸爸呢！”

刘子珍扑哧笑了说：“傻样！生娃儿那是急得来的吗？十月怀胎，一朝分娩。不到时间，你再着急，他(她)也不出来！再说了，我就是做做饭，干干活儿。这样活动着，到生的时候才会顺当，不遭罪。你懂啥？”

叶大顺也笑了,便掰着馒头吃起来。

叶大顺又说:“子珍,我是看你既操持家务又要去扫盲班上课,太辛苦了! 这样吧,我去找韩长庚街长说说,让你休息吧!”

“别!”刘子珍急了,说,“我每天出去教姐妹们读书识字,心中快乐!我可不想待在家里让你养着,做一个家庭妇女!”

叶大顺知道子珍心气高。其实,他心中有件大事想告诉妻子,但又担心她不同意。大约在十天前,区里有关领导找他谈话,说新中国成立了,新疆和平解放了。从整体形势看,一些前期的过渡工作已经完成,全国都进入了经济发展的轨道。

领导要他带两个同志去柳树庄工作。让他考虑,尽快回复。

刘子珍吃着饭,直截了当地问道:“顺子哥,你心中有事!”

叶大顺停下筷子,说:“子珍,我要去柳树庄了。可是,你快生了,我不放心啊!”

“要去柳树庄?”刘子珍兴奋地问。

“是的。”

叶大顺把事情从头至尾讲了一遍。

“那咱俩一块儿去!”

刘子珍痛快地说:“柳树庄有可爱的都曼,还有他的家人。我喜欢他们! 顺子哥,这是好事,你别犯难!”

见刘子珍态度坚定,叶大顺心里踏实了,说道:“刚开始,工作组下去做调查宣传工作,条件成熟了,才能推进。这中间有个把个月。你先别急着去,在城里医院生孩子条件好。待咱娃出生后到了春天,我们一家再搬到柳树庄去!”

“好!”刘子珍高兴地说,“你说得好,我也得完成这一阶段的扫盲工作。到那时,让韩街长另找老师教扫盲班。我去了柳树庄,一定闲不住的!”

“那是一定的！”叶大顺继续说，“子珍，这个时代非常需要我们这样的年轻人。人生在世，不能只为自己活着，还应该为国家、为社会多做贡献，这样的人生才有意义。子珍，相信我们走到哪里，都会大有可为的！”

刘子珍突然问：“顺子哥，你是共产党员吗？”

“还不是。”叶大顺说。

“那我怎么听着，你说的这些话和领导说的话都是一样的。”

“子珍，我正想告诉你，最近我已被组织吸收为预备党员。一年后，我就是真正的共产党员了！”

“哇，顺子哥，你好棒哎！”

刘子珍兴奋地站起来，可是，她双手捂住了肚子说：“顺子哥，宝宝在肚子里踢我呢！”

叶大顺蹲下身，将耳朵贴在刘子珍的肚皮上仔细听着。

“子珍，我听到了！小家伙是想出来吧！”叶大顺痴痴地说。

102

这些天，柳树庄特别热闹。

此刻，柳树庄八号村的广场大院里已聚集了不少人。大院正中坐北朝南的方向，是一个大戏台。大戏台在以往是逢年过节时村民们唱戏的地方。但从今天的布置看来，显然不是为了人们消闲，而是有重大的喜事要发生。戏台的圆柱上已张贴了红标语：“庆祝新中国成立！”“庆祝柳树庄新生！”在大戏台横着的门楣上，挂着一条帷布，上面写着“庆祝柳树庄农业互助社成立”。

叶大顺是随哈密地委农村工作队来柳树庄的。

哈密专区成立后，随着工作重心的转变，各项工作全方位展开。解放军选派指战员组建成立了哈密专区工作机构，以及镇西县、伊吾县工作机构，并按党员分布情况建成了基层党的组织。叶大顺是预备党员，被抽调进农村工作队。他们已去了哈密的花园乡、沁城、亚吾龙等地进行宣讲。这一次，来到了柳树庄。

带队领导姓龚，是一位复转军人。他四十来岁，是个山东人。他十六岁参加革命，打过不少仗，立下不凡的功勋。平日里，他不苟言笑，对工作、对下属要求严格。他的政策水平高，是叶大顺心中的偶像。

龚队长和三名队员，还有柳树庄几个德高望众的老人在主席台上坐下来。

叶大顺对台下的群众大声说："各位乡亲们，你们好！我是叶大顺，你们都认识我，我也认识你们！今天，我们欢聚在这里，庆祝新中国成立，也欢庆我们柳树庄从此跨入社会主义金光大道！"

台下爆发出热烈的掌声和欢呼声。

叶大顺说："下面，我们请龚队长讲话！"

龚队长走到台前，微微躬身说："父老乡亲们，我们中国人民解放军第一兵团，在王震司令员的指挥下，挺进新疆。经过半年多的剿匪斗争，已取得了决定性胜利！新疆解放了！中国解放了！这是全国人民的胜利。人民军队离不开人民。在新中国，军民联手保卫建设我们伟大的祖国、建设社会主义新农村！"

接下来，工作队队员小宋、小李、古丽都进行了热情洋溢的演讲。之后，柳树庄庄主刘占魁讲话表态。

该阿尔曼讲话了。叶大顺扶阿尔曼走到台前。阿尔曼满脸兴奋似乎有许多话要说，可一时又说不出来。叶大顺轻声说："大叔，别紧张，就说说你的心里话！"

阿尔曼站直了身子，精神一振说："维吾尔族人崇敬太阳和月亮。太阳伟大，把光和热照在每个人身上；月亮圣洁，让谁都沐浴她的光辉。

共产党就是太阳和月亮!”

台下响起一阵掌声。主席台上,龚队长起身向他致意!

103

刘子珍正在上扫盲课。她拿着课本读着:“我是中国人,我爱自己的祖国……”

“我是中国人,我爱自己的祖国。”大家齐读。

突然,刘子珍觉得肚子痛。她紧皱眉头,稍稍停顿,那痛消失了。她又读,痛又袭来了。她本能地用手捂住肚子。

“刘老师,您咋了,看你额头流汗了!”一位学员叫起来。

“刘老师,您是快生了吧? 得去医院!”

“得去医院!”学员们关切地说道。

一阵疼痛又袭来,刘子珍实在不能坚持了,急忙坐下来。

“得送刘老师去医院!”学员黄秋云果断地说。她离开了座位,又犯难了:“可是,没有车咋去医院?”

一位维吾尔族学员说:“我家有手推车,谁和我去推车?”

“我去!”“我去!”几个人争着说。

“常玉玲,你跟娜孜丽大姐,把她家车子推来!”

十几分钟后,娜孜丽、常玉玲将车停在门口,几个人搀扶着刘子珍坐到车上。

“这是干嘛?”车子出大门时被韩长庚街长碰上了,他惊诧地问。

“去医院,生娃儿!”黄秋云大声说。

韩街长撵上去说:“来,我推吧,我劲儿大!”

“看你瘦得像麻秆儿。你推车,我不放心!”黄秋云嘴快脚劲儿也大,说话间已把韩街长甩在了身后。

刘子珍躺在车上，疼痛难忍，双手紧抠车边，头上不停地渗出汗珠。

104

叶大顺回到城里时，已是刘子珍从医院生产后回家的第三天。

他风尘仆仆地走到穿心巷自家院门前时，见院门上方挂了一块红绸布。这是告诉来人，院里女人正在坐月子，闲人免进。叶大顺知道，子珍生了！看到院里有人走动，他急忙敲门。开门的是黄秋云。

黄秋云没见过叶大顺，堵在门边，没有让叶大顺进屋的意思。

“让我进去，这是我的家。”叶大顺说。

“你的家？你是谁?”黄秋云盘问。

“我是……”叶大顺说，“我是刘子珍的男人!”

“哦，”黄秋云仍不放行，问:“你是她男人，她生娃儿时你在哪里?”

叶大顺窘迫地站在那里。

娜孜丽从屋里出来，推开了黄秋云。递给叶大顺一把扫帚，让他把腿脚扫干净。这是老讲究，意思是不准来人把晦气带进屋。

叶大顺知道，这几天多亏她们照料子珍和孩子。此刻，他任由黄秋云摆布。

“进吧!”黄秋云解除了禁令。

刘子珍躺在床上，她身边静静地睡着个毛头婴孩。叶大顺很激动，放下手里的东西，急忙走过去，想看看孩子。

刘子珍早已听到了他们的说话声。见叶大顺笨手笨脚地扑向孩子，急忙伸手去挡。

“小心，别压着孩子!”

“子珍，你醒了?”叶大顺靠近妻子问。

“你，你才回来……”

刘子珍有点儿哽咽。这几天，她经历了作为女人的一场大事情。都说女人生孩子是过鬼门关，她真正感受到了这话的真实性。从在扫盲班开始肚子疼，到扫盲班的姐妹们送她去医院，再到进产房后分娩，分分秒秒都让她疼痛难忍。

黄秋云和娜孜丽进来了。这几天，她俩很辛苦，刘子珍心里很感激她们。

“刘老师，我们该走了！”黄秋云说。

娜孜丽也点点头，看一眼叶大顺，心里在说，该陪护的人来了，我们是多余的。

刘子珍双手撑床，半坐起来说：“两位姐姐，实在麻烦你们了，谢谢！”

“甭客气，刘老师。谁叫咱们都是女人呢！”

她们走远了。

叶大顺径直走到床边，急于看一眼孩子。

“是个女孩。”刘子珍说。

“女孩好！”叶大顺说，“我喜欢女孩！”

正在这时，孩子哼唧了几声，动了动身子。叶大顺忙躬下身，小心翼翼地抱起孩子。

105

今天是正月初七。

甘州德胜东街的叶家大院里，曹珮儿正看着孙子小建国跑来跑去。小建国已经会走路了。他身上穿着一件浅红色的小棉袄，腿上穿一条黑色的织布开裆棉裤，脚上是一双白底黑面的棉鞋，这些都是她亲手做的。穿在小建国身上，曹珮儿心中真开心。

冬日的太阳暖暖地照着，一切都变得鲜活、明亮。小建国一会儿跑到前院，一会儿跑到后院。曹珮儿紧紧跟着，走来走去，享受着天伦之乐。

厨房里，尚秀帘正在有条不紊地准备午饭。今天是初七，讲究吃长面。说家人们吃了长面，个个吉祥安康，要图个好兆头。

甘州城每天都发生着变化。在政府的扶持下，力争做到人人有工作可做。尚秀帘到街道幼儿园当老师，和另一位老师照顾将近三十个孩子。小建国也进了幼儿园小班，每天同尚秀帘一起去幼儿园。

公私合营后，叶大和被推荐为经理，公司的名称和性质都发生了改变。每天有四五个员工去上班，接货、出入账都由叶大和过目核实结算。在他带领下，百货公司效益不错，很受群众欢迎。叶大和体会到了一种崭新的人生价值。

叶大平在南山被选举为妇女干事。她有文化，人缘好。引导妇女们积极参与南山发展的大事。康克南则被甘州新成立的客运公司招去当了司机，每天往返于南山至甘州的公路上。

突然，院门被推开了。邮差进来喊："曹珮儿，来信了！"

曹佩儿急忙走过来。

"咦，您老人家好福气啊，昨天一个儿子从新疆寄信来，今天又一个儿子寄信来！您这小儿子可出息啦，这信封的下面没写寄信地址，只写着一个部队的番号。大妈，您小儿子是解放军啊？"

邮差看着牛皮纸信封，面带羡慕的表情说。

"解放军？"曹珮儿问。

"是啊，只有从部队发出的信才不许写地址，只让写番号！"邮差说。

尚秀帘兴奋地说："妈，昨天二弟来信说，子珍生了个千金。看今儿个大安弟来信，又会告诉我们啥好消息呢？"

"是啊，如今老百姓家喜事儿多！我走了，赶去给别的人家报喜！"

邮差喜滋滋地走向院门。

106

叶大顺这次到柳树庄，是为了组织柳树庄的农民们选出参加哈密专区第一届农民代表大会的代表。哈密第一届农民代表大会经专区各级领导部门的协商努力，定于十月召开。

为了组织好这次大会，专区要求有关机构人员深入基层，细致抓好落实这一利国利民举措的准备工作。要让广大农民认识到，选举农民代表，标志着农民地位的提高。很快，柳树庄选出了代表阿尔曼。

此刻，阿尔曼赶着马车，意气风发地行进在通往哈密的公路上。车上坐着叶大顺。经过另外几个村落时，又拉了几位代表坐在车上。代表们心情是一样的，兴奋且自豪。

到了哈密城，叶大顺带领大家住进县招待所。

一切安排停当，大会于次日上午十点开始。他建议阿尔曼上街转转。

107

偌大的哈密专区礼堂里，农民代表大会已经召开三天了。

前两天，会议按程序进行。

此刻，会议已到收尾阶段。主持人要求全体代表起立，齐唱中华人民共和国国歌《义勇军进行曲》。最后全体代表合影。时间定格在1950年10月9日。

之后，代表们互相握手道别。阿尔曼驾车要走，却碰到抱着孩子走来的刘子珍。

这几天，叶大顺邀请阿尔曼去自己家，他对刘子珍和孩子都熟悉了。刘子珍知道阿尔曼大叔要回柳树庄，特意来送行。

阿尔曼和刘子珍说着话，又逗刘子珍怀里的孩子笑。

刘子珍看着孩子说："西颖，叫布瓦！(维吾尔语指爷爷)阿尔曼布瓦！"

孩子的名字是她和叶大顺一起起的。西，代表新疆。颖，预示着脱颖而出。他们希望新疆尽快发展起来。

西颖笑着，看着阿尔曼。

刘子珍说："西颖，告诉阿尔曼布瓦，过段日子我们去柳树庄找都曼大哥哥！"

刘子珍说的不是空话。因为县里为了加强农村生产发展的力量，正在组织城里一些有能力的年轻人到农村工作，叶大顺就在其中，刘子珍也要同去。柳树庄正在筹建学校，刘子珍可以到那里任教。只待叶大顺办完交接手续，他们就可以去柳树庄了。

"亚克西！布瓦等着你，西颖！"阿尔曼高兴地说。

"亚克西！"

车上坐着的那几个代表也说。

阿尔曼坐上车，扬鞭离开。这时，叶大顺和他们挥手说再见！

"我在柳树庄等着你们！"阿尔曼大声说。

108

叶大顺逐渐移交了手头的工作。

有关部门已下发文件，一批在和平解放新疆期间的积极分子被吸收成为共产党员。为了开辟农村工作新局面，这些新党员中的一些人将被派往各个农村。一方面是为了推动农村的改革，另一方面也让这些新党员在基层实践中有锻炼提高的机会。

叶大顺去工商协会办公室找赵光祖，结果扑了个空。有人告诉他，赵光祖兼任哈密专区顾问以来，总是下基层，积极配合各级政府和党组织开展工作。

经打听，叶大顺知道赵光祖的家就在哈密新城区的西河坝那儿。他要把自己一家人住了一年的穿心巷房子的钥匙交还给他。

走到一座院落时，有人指着说："这就是赵会长家！"

一位年纪稍大的女性站在院里。叶大顺知道这是赵光祖的妻子，姓黎，年轻时在甘州城的学校里当过老师。

"黎老师，我叫叶大顺，特地来还您家在穿心巷的房子钥匙！"叶大顺说。

"哦，叶大顺？这名字我听赵光祖提起过！快进院！"

黎老师很热情。叶大顺走进院子。

院里很宽敞，清亮干净。几间高大并立的房屋坐东向西，气派敞亮。

客厅正中是一幅很大的山水画。山水画的两侧，是一副对联。上联是"看天山雪松翠入云中"，下联是"品新疆瓜果蜜入人心"。叶大顺仔细一看，下方写着几个小字"光祖拙作"。

叶大顺感慨地说："赵叔工作那么忙，还有时间吟诗作画。敬佩！"

"他呀，工作再忙，回家也要写写画画。他高兴！"黎老师说。

"黎老师！"叶大顺将手中的钥匙递过去，"太谢谢你们了，把房屋借给我们住，让我们初到哈密就有了立足之地。这一住就住了一年多！黎老师，我们要去柳树庄了。钥匙您拿好，等赵叔回来您就告诉他吧！"

"你们要去柳树庄？"黎老师问。

"是的，农村需要人，我们正年轻，也想学赵叔干一番事业呢！"叶大顺说。

“是，农村有广阔的天地，是大有可为的！”黎老师说。

“我走了，黎老师再见！”

黎老师送他出院门，看他远去。

109

一辆敞篷大马车从哈密城出发后，一路向东，已走了三四个小时。

赶车的是瓦尔江，专程到城里接叶大顺一家回柳树庄的。

一路上，叶大顺紧靠瓦尔江坐在车前，刘子珍抱着西颖坐在车里。早晨刚上车的那会儿，小西颖显得特别兴奋，睁大眼睛一直好奇地看着沿途的风景。天空有燕子飞过，她便兴奋地招手喊“鸟鸟”；看路边的白杨一闪而过，又喊“树树”。纯真的孩子对一切都感兴趣，逗得瓦尔江一路上在笑。路上西颖睡着了，倒给了刘子珍和瓦尔江聊天的机会。刘子珍也对塞外的农村很感兴趣。每经过一个村庄时，瓦尔江都要说一说与那村庄有关的故事。

马车终于进入柳树庄地界，一会儿便行驶在六号村南的大路上。叶大顺告诉刘子珍，那儿便是自己来柳树庄落脚的地方。马车减慢了速度，他们一边看一边走。

路边的瓜地里，有几人在摘瓜。忽然，一个人直起身大喊：“叶大顺！”

叶大顺一听，便知道是李生亮。他叫瓦尔江停车，急忙从车上下来，照直朝前走去。

李生亮迎了过来，怀里抱了两个大蜜瓜。

“大顺啊，你真回来啦？”还没走近，李生亮就问。

“回来啦，李叔。”叶大顺接过瓜说，“你瞧，连家都搬来了！”

李生亮这才注意到车里坐着的刘子珍和孩子。西颖睡醒了。李生亮看着孩子,笑着说:“连娃儿都这么大了,真快!”

说话间,又有人围了过来。大家与叶大顺都很熟悉,再次见面,格外高兴。瓦尔江大声说:“大家先别急。叶书记这次回来,不走了。大家有话留下慢慢再说。我们要赶着去八号村。那里有我们的村政府,叶书记的家就安在那儿。这会儿,阿尔曼、努尔兰、阿依夏木一定收拾好了他们的新家,让他们先去新家吧!”

听瓦尔江这么一说,大家都让开道。叶大顺跳上车,向村民们挥挥手说:“兄弟姐妹们,我们以后会天天见面的!”

110

赵光祖来伊吾县已经是第二天了。

天一亮,他就起床,这是多年的生活习惯。此刻,他从伊吾县招待所出来,走在大街上。

大街上偶尔能听到几声鸡鸣狗叫,能看到一些早起遛弯儿的人。渐渐地听到有人说话。有些人家的烟囱里升腾起袅袅炊烟。

小城在经历了一场生死劫难之后,趋于正常状态。

赵光祖不知不觉从城西走到城东。

突然,一阵铿锵有力的操练声传来。他精神一振,快步走去。

“一二一、一二三四!”

随着响亮的口号声,一支解放军队伍跑了过来。战士们个个意气风发,精神抖擞。

赵光祖赶紧往路边退让。突然,他眼前一亮,他看到了叶大安!

没错,是叶大安！就在擦肩而过的时候,赵光祖猛然认出了他。

赵光祖放开嗓门喊起来:“叶大安!”

叶大安好像听到了,扭头向后张望。

“立定!”指导员喊停了队伍。

“叶大安,出列!”指导员喊道。

叶大安走出队列。

“他是谁?”指导员问。

叶大安回头辨认,突然认出了赵光祖。他回答说:“报告指导员,他是我老家的赵叔叔!我们有一年多没见面了!”

“好了,你跟他谈谈吧!”

指导员扭头又对其他官兵发令:“全体注意,立定,向前走!一二一……”

队伍朝前走了。

赵光祖走近叶大安,喘着粗气说:“大安,可找到你了!”

“赵叔叔!”叶大安也很激动,不知说什么好,只是伸出双手,紧紧握住赵光祖的胳膊。

“我只想告诉你,你二哥叶大顺住在哈密城南的穿心巷里!记住穿心巷里!你有时间一定去找他!他,他可把你找苦了!”

“穿心巷!”叶大安重复着说了两遍。

“对,穿心巷!你去练操吧!”赵光祖终于说出了要说的话。

叶大安扭头看一眼队伍已经走远了。他向赵光祖说:“赵叔叔,再见!”

“再见!”

赵光祖看着叶大安跑远。

111

叶大顺走出地委大院的会议大厅,来到街上。

他来哈密城,是来参加专区举办的一个农村工作汇报及交流会。叶大顺作重点发言,讲述这一阶段的工作情况。领导布署说,下一步要开展具体的农村工作，各县农村要以柳树庄为榜样，把工作做在前头。

叶大顺本想抽空去穿心巷看看，但又觉得时间不够，想尽快赶回柳树庄。于是，转身朝哈密城东的停车场走去。

走在熟悉的街道上，他心中很舒畅。街上男女老少，有的匆忙，有的悠闲。也有身着绿军装的战士，三三两两漫步。

叶大顺走着，四五个战士与他迎面而来。有人忽然转身喊道："叶叔叔！"

叶大顺愕然，停下脚步，那两人来到身旁。

"叶叔叔，你不认识我们了吗？"其中一个说。

叶大顺看着两个战士都很年轻，模样儿也有点像。他觉得面熟，一时又想不起在哪儿见过。

"你俩是……"他试探着问。

"我们是耿无战、耿无争！"另一个急着说，"你不记得你来新疆经过了一个上马村吗？你在那里丢了弟弟。那里有一户人家，男的叫耿柱，女的叫桃妹。他们是我俩的爹妈！"

"噢！"叶大顺猛拍自己脑袋，怎么也没想到他们长大参军，来到了哈密。

走在前面的战友喊道："哎，耿无战、耿无争，赶快回营，时间到了！"

"叔叔再见，我们走了！"

耿无战、耿无争转身跑去。叶大顺看了许久，转身朝停车场走去。

112

叶大安心里念记着"穿心巷、穿心巷"。大半年前赵光祖告诉他这个地址后，他一直没时间来到哈密。官兵们进疆之后，投入了剿匪平叛收复新疆的斗争中，奋战在前线。之后，部队服从命令开始屯垦戍边工作，他所在的部队也由伊吾县转到哈密。他们即将去山南的某个荒原安营扎寨了。部队给官兵们两天休整时间，大家可以去购买农资农具之类的生产生活用品。

叶大安从营房出来，来到哈密城的大街上。

这应算是他第二次来哈密。上一次他被大恩人邱队长收留，随他的驼队进入新疆想着在哈密投奔赵光祖，然后寻找失散的二哥叶大顺。谁知世事弄人，大家都重塑了各自的人生道路。

叶大安一边走着，一边观赏沿路的风景。

穿心巷到了。这是离城南城墙不远的一条巷子，东西方向布局，不是太长。巷子一侧是一家挨一家的平房。家家有院落，院里长有树。

走进巷子，有人告诉他，再往前走第三个院子就是叶大顺家。

叶大安很激动，默默站了一会儿，伸手开始敲门。

门开了，站在叶大安面前的却是一位老者！

“你找谁？”老者问。

“我找叶大顺，他是我哥！”叶大安忙说。

“呃，叶大顺一家一年前就搬走了！”老者说完，就要掩门。

“那，那您知道他家搬去哪里了吗？”叶大安忙问。

“这，我可就不知道了！”老者关上了院门。

叶大安失望地站在那里。

113

这几天，柳树庄像过大年一样热闹。

一连多日，都有身着黄军装的队伍开到柳树庄的南戈壁。他们都是出生入死的战斗英雄。如今，在和平的环境里，他们屯垦戍边，成为“军垦战士”。他们面前是一望无际的荒原，这里是红星农场。

叶大顺从城里回来时就听说了这个好消息。他告诉乡亲们时,大家都非常高兴。柳树庄距红星农场有四五公里的路程。经叶大顺提议,乡亲们用极快的速度修了一条由柳树庄通往红星农场的道路。军垦战士们都是由这条路朝南拐,去军垦驻地的。

军垦战士们已经支起帐篷。为长远考虑,他们开始打坯造房,有的在挖地窝子。

柳树庄的村民们送去椽子、檩子等,有人还义务帮助修筑房舍。昔日的千年荒原,如今一派欣欣向荣的景象。

今天,军垦部队的主力都要进驻了,还要开誓师大会。

主持人走到了正前方,大声宣布:"屯垦戍边、建设新疆誓师大会,现在开始!"

会场上掌声热烈。

主持人说:"首先欢迎解放军代表讲话!"

解放军代表坐在叶大顺旁边。他迅速起身,给大家行军礼。开始讲起来:"敬爱的首长,亲爱的战友,各位父老乡亲,你们好!过去,我们扛枪打敌人,经历了枪林弹雨的考验。今天,我们胜利了,奔赴建设祖国的第一线。我起誓,为了改变祖国一穷二白的面貌,早日让国家富强起来,我愿意在这里戍边垦荒,献出自己的青春和力量!"

最后,团长讲话。

团长是一位年近五十岁的老军人。他从容地走到主席台前说:"同志们、乡亲们,刚才听了大家的发言,我深受感动!我们的军队是具有几十年光荣传统的军队。在战争年代里,扛枪能打仗;在和平年代里,垦荒会种粮。延安时期的三五九旅,是我们的榜样!请同志们顺着我手指的方向看去,这广阔无比的荒原上,长着芦苇、骆驼刺,野草丛生、荆棘乱长。但我相信,明年或者后年,这里一定是麦浪翻滚,风吹果香!这不是梦想,只要我们兵地一条心,这里一定会改变模样!同志们,让我们一起加油吧！”

主持人对着话筒大声说：“现在，请柳树庄叶大顺书记讲话，大家欢迎！”

114

叶大顺走到台上。

他非常激动。此刻，他面对的是身经百战的解放军官兵，他们都是英雄。他接过话筒说：“各位领导、各位解放军指战员，首先，我代表柳树庄的所有乡亲们，向你们表示热烈的欢迎！”

台下响起掌声。

谁也没注意到台下有一个人特别激动，那就是叶大安！当叶大顺走上主席台那一瞬间，叶大安先是一蒙，随即震惊，而后是兴奋！他没想到会在这里与他朝思暮想的二哥相遇。叶大安一点儿也没听进去叶大顺的讲话，他处于意外邂逅的亢奋之中。

渐渐地，他冷静下来。躬身走到团长身边，团长转身听叶大安说着什么。团长先是惊愕，后来换成欣慰的微笑。

主持人说：“今天的誓师大会开得很好！现在散会……”

“等等！”

团长突然起身，对尚未散场的人们大声说：“同志们、乡亲们，先停一停！今天的会议临时有个插曲。叶大顺书记，您过来一下！您看看，他是谁？”

团长话音未落，叶大安走到主席台上。

叶大顺回身望去，愣住了。他快步走回台上，激动地注视着叶大安，大喊一声：“大安，弟弟，我们终于见面了！”

“二哥，我们终于见面了！”

兄弟俩紧紧拥抱在一起。

随行记者赶紧拿起相机,拍下这意义非凡的一幕。

团长面对众人说:“这是一个非常感人的故事。旧社会穷人流离失所,家破人亡。新社会使人幸福安宁,万家团圆。今后,我们共同生活在社会主义新中国这个大家庭里,祝愿我们每个人、每个家庭永远幸福、安宁!”

“对,我们都幸福安宁!”

大家久久不愿离去。

115

这天上午。

陇西甘州城德胜东街叶家大院。

邮递员一进院门,扬声高喊:“曹珮儿,有您的信!”

叶大和赶紧迎过去,曹珮儿、尚秀帘领着小建国也围过来。

叶大和轻轻地拆开信封,从里面抽出一张照片。

照片上,叶大顺、叶大安紧紧相拥,异常激动。看表情,像在哭,又像在笑。

曹珮儿看着,眼圈发红说:“看来,兄弟俩团聚了……”

小建国扒着叶大和的胳膊说:“我要看照片,我要看照片!”

叶大和弯下身,指着照片说:“这是二叔、这是小叔!”

尚秀帘凑过去,仔细看着照片说:“二弟瘦了,小弟高了。他们都这么精神,看来新疆真是个好地方!”

曹珮儿思绪万千、激动不已,满怀向往地说:“我多想去一趟新疆啊!”

“妈,铁路已从兰州修过来了,不用太久,也会通到新疆。到时候,我们全家人一起坐火车去新疆!”

“坐火车,去新疆,我也要去!”小建国跳着双脚,高兴地说。

后 记

《一路向西》终于面世，我第一个就是想说：感谢新疆人民出版社！

我小时候，常听父辈们谈起他们年轻时走西口的经历。我祖籍陇西。那个年代，陇西常常发生兵乱。因此，被抓壮丁是老百姓普遍面临的一个关乎生死存亡的大命题。为了活命，不少人家只得忍疼割爱，将刚刚长大的男孩送走他乡。陇西与新疆接壤，也就是说，不少人一路向西，不惜冒着极大的风险，逃离故乡远奔新疆。本书的时代背景就是这样。

那一年，形势非常紧张。在一个漆黑的夜晚，曹珮儿将她的俩儿子送上一个商人的拉货马车。于是，原本圆满的叶家，发生灾难性变化，两个儿子踏上漫漫的逃亡之路。西出阳关，迢迢千里的河西走廊，因恶劣的天气，兄弟俩不慎走散。所幸，他们分别来到新疆。在当地少数民族兄弟关爱保护下，在东疆落脚。这部分内容，可看作本书的经线书写，主要体现走新疆的风险和艰难。

纬线部分，则书写了叶氏甘州老家的状况。兵荒马乱的年代，为了保全家人，叶大和携妻带妹离开甘州城，投奔南山的亲戚。而叶氏家族的掌门人曹珮儿却执意留居甘州，守护家门。

通过经纬线交错的结构描写，力图反映在旧中国，国无宁日，百姓遭殃。下半部的笔墨，主要用在叶大顺和叶大安身上。他们各自融入当地人民的生活与战斗中，迎来了人民解放军进军新疆。在激烈的剿匪斗争中，各族人民团结一心，最终取得了伊吾保卫战的胜利。新中国成立，新疆和平解放，叶大顺和叶大安意外相见。而在老家甘州城，曹珮儿及家人终于得到失散亲人的消息，期盼火车通了，到新疆与家人团聚。

整部小说，人物、事件均有原型，但又进行了艺术创作。

全书的另一个写作动机，就是想彰显新疆自古以来就是祖国不可分割的一部分这一主题。长期以来，各族人民在这片广袤的土地上融为一体，“你中有我，我中有你”。他们勤劳奋进，在与全国各族人民共同努力下，使我们伟大的祖国完整地屹立于世界之林！

如果本书达到了这个创作目的，足矣！

本书始写于2021年春季，2022年完稿，次年5月列入新疆维吾尔自治区文艺扶持资金项目。因水平有限，时间匆忙，在质量上存在不少瑕疵。遗憾！见谅！

在这里，深深地感谢新疆作家协会秘书长王族老师！深深地感谢新疆人民出版社图书编辑陈漠老师！

不忘历史，砥砺前行！

胡　焱

2025年1月15日